La española inglesa
La ilustre fregona

Biblioteca Cervantes

Miguel de
Cervantes

La española inglesa
La ilustre fregona

Novelas ejemplares

Edición, introducción y notas
de Rosa Navarro Durán

El libro de bolsillo
Biblioteca de autor
Alianza Editorial

Primera edición: 2005
Primera reimpresión: 2011

Proyecto de colección: Odile Atthalin y Rafael Celda
Diseño de cubierta: Alianza Editorial
Ilustración de cubierta: Velázquez: *Las hilanderas* (fragmento). Museo del Prado. Madrid

Calle Juan Ignacio Luca de Tena, 15; 28027 Madrid; teléf. 91 393 88 88
www.alianzaeditorial.es
ISBN: 978-84-206-5946-6
Depósito legal: M. 48.434-2010
Printed in Spain

Introducción

Las *Novelas ejemplares* de Miguel de Cervantes se publican en 1613 en Madrid, por Juan de la Cuesta, aunque algunas de sus aprobaciones son de julio de 1612. El escritor, en el prólogo al lector –que se añade a modo de apéndice al final de este volumen por ser su mejor presentación–, afirma que es el primero que ha novelado en lengua castellana, «que las muchas novelas que en ella andan impresas, todas son traducidas de lenguas extranjeras, y éstas son mías propias, no imitadas ni hurtadas». Y tenía razón: no hay colección impresa de *novelas* –término italiano que se aplica a narraciones breves– originales anteriores a las doce que da a la imprenta. En 1567, Joan Timoneda había publicado *El patrañuelo,* con sus *patrañas* o *novelas,* que no habían sido engendradas de su ingenio, como presume con razón Cervantes, sino imitadas de muy diversas fuentes; su forma sencilla de narrar nada tiene que ver además con la maestría cervantina.

El escritor había incluido ya en la primera parte de su *Don Quijote* (1605) una novela ejemplar: *El curioso impertinente,* como historia sucedida muchos años antes, en tiempos del Gran Capitán. La lee el cura en la venta de

Juan Palomeque el Zurdo –son «ocho pliegos escritos de mano»–; y podría haber leído también *Rinconete y Cortadillo,* porque estaba en la misma maleta olvidada por un huésped, pero no lo hace.

Cervantes ofrece al lector doce novelas no contadas, sino vividas. No tienen marco –*cornice*– como en el gran modelo, el *Decamerón* de Giovanni Boccaccio, donde damas y caballeros las narran. Sólo *El coloquio de los perros* es en realidad un diálogo escrito por uno de los dos personajes que charlan en *El casamiento engañoso:* el alférez Campuzano dice al licenciado Peralta haber oído hablar a dos perros, Cipión y Berganza, durante dos noches, en el hospital donde se curaba de la sífilis; para que no se le olvidara lo que había escuchado, escribe el coloquio de la primera noche, la vida de Berganza; y tenía pensado escribir el de la segunda, donde Cipión contaba la suya. El licenciado Peralta lee el diálogo de los perros al mismo tiempo que lo hace el lector, mientras duerme quien lo escribió o quien lo transcribió. De los reparos sobre si oyó o no, o si inventó o soñó, se tratará en la introducción a esa novela; baste ahora señalar cómo Cervantes es siempre original, incluso al crear el marco para uno de los relatos. Y derrocha posibilidades narrativas: deja a menudo la puerta abierta para mucho más de lo que cuenta.

El orden en que aparecen las novelas impresas es el siguiente: *La gitanilla, El amante liberal, Rinconete y Cortadillo, La española inglesa, El licenciado Vidriera, La fuerza de la sangre, El celoso extremeño, La ilustre fregona, Las dos doncellas, La señora Cornelia, El casamiento engañoso* y *La novela de los perros Cipión y Berganza.* No responde al de su composición, aunque pocos datos precisos tengamos sobre cuándo el genial escritor las escribió. Sí sabemos que

Francisco Porras de la Cámara, racionero de la catedral de Sevilla, copió, en los primeros años del siglo XVII, para el cardenal arzobispo de Sevilla Fernando Niño de Guevara (que muere en 1609) *Rinconete y Cortadillo, El celoso extremeño* y otra novela que se atribuye a Cervantes, *La tía fingida,* junto a otras obras de entretenimiento. Isidoro Bosarte publicó en 1788 las dos novelas cervantinas copiadas en el manuscrito de Porras, que luego se perdió; y así se puede comprobar cómo Cervantes introdujo modificaciones al texto, ¡hasta en el desenlace del *Celoso extremeño!*

Todas las novelas suceden en una geografía real y en un tiempo contemporáneo; son historias «vividas» en una realidad reconocible. Precisamente datos históricos permiten situar la escritura de algunas en un periodo preciso de tiempo, y huellas de libros leídos por Cervantes ayudan también a ello: casi siempre apuntan a esos años primeros de mil seiscientos.

Se ha intentado clasificarlas, pero Cervantes tiene una capacidad extraordinaria para mezclar géneros y registros. En *La ilustre fregona,* crea dos líneas paralelas que responden a la condición de «a noticia» y «a fantasía» –realismo o idealismo–, con que Torres Naharro dividió sus obras. En *La gitanilla,* se une el relato costumbrista a la anagnórisis, elemento esencial de la *fábula,* según Aristóteles; hay un canto amebeo pastoril y muchos más ingredientes. En *Las dos doncellas,* encontramos dos damas vestidas de hombre en busca de un burlador, bandoleros, escaramuzas en la playa de Barcelona, una peregrinación y una batalla de dos caballeros al modo de los libros de caballerías; pero también un mozo de mulas con voz. *El licenciado Vidriera* nos ofrece una serie de apotegmas, la salida de las armas y las letras para un personaje sin cuna, y la descripción de un viaje por Italia; pero no carece tampoco de una peripecia que arranca de un desordenado amor.

La lectura de las *Novelas ejemplares* regala esas «horas de recreación» de las que habla Miguel de Cervantes en su prólogo. Y como sabiamente dice también, «no hay ninguna de quien no se pueda sacar algún ejemplo provechoso»; donde se ve su voluntad de asociarlas a una tradición literaria y a apoyarse en «lo útil», que siempre ha justificado –o disculpado– el placer de la lectura de la materia novelesca.

Dentro de esos doce títulos está el gran teatro del mundo: nobles y pícaros, peregrinos y pastores, brujas y rufianes, soldados y letrados, indianos e ingleses, cautivos y estudiantes, damas disfrazadas de hombre y cortesanas, gitanos y bandoleros, un loco que dice agudas verdades y un perro que opina sobre la forma de contar; hay reuniones del hampa, combates caballerescos, batallas navales, raptos, asaltos, una violación, envenenamientos, peregrinaciones, golpes y abrazos, apasionados amores y celos... Espléndida literatura. Contada por un escritor extraordinario, que, en estas obras, como en su *Don Quijote*, alza el vuelo hasta cotas nunca alcanzadas.

Crea personajes y escenas inolvidables, multiplica las peripecias en ritmo rapidísimo o hace caminar el relato con un tempo sosegado, en el que se llega a ver un mudo y sosegado silencio. Permite que el narrador se inmiscuya en lo que sucede, preocupado por lo que pueda pasarle a un personaje o rechazando la conducta de otro; pero al mismo tiempo a veces le hace decir que reproduce más o menos lo que sucede. Cede las riendas de la acción a personajes, que se convierten en magníficos tracistas, como si estuvieran en un espacio teatral; y deja que otros interpreten un final de entremés dándole así esa condición a lo vi-

vido antes. Dentro hay, pues, también teatro y poesía. Hay retazos de novela picaresca, pastoril, de caballerías, de cautivos, cortesana... y otros de literatura sentenciosa, de crítica literaria. Cervantes no sólo cuenta, sino que crea atmósferas, ámbitos, donde los personajes hablan de muchas cosas y viven.

La española inglesa

La novela empieza con un hecho de guerra que va contra el decoro de quien lo realiza: el capitán inglés Clotaldo se lleva como despojo del saqueo de Cádiz a una niña de siete años; no es un bandido, sino un noble caballero inglés católico que además tiene ya un hijo. El capitán general de la armada, el conde de Leste, ordena que se busque a la niña, pero todo esfuerzo resulta vano porque Clotaldo la tiene escondida, «aficionado, aunque cristianamente, a la incomparable hermosura de Isabel, que así se llamaba la niña». Sólo puede entenderse este inicio, con elementos tan contradictorios, si lo vemos a la luz de la historia de Ozmín y Daraja, la novela morisca que Mateo Alemán inserta en su *Guzmán de Alfarache,* que tan bien leyó Cervantes.

Comienza asimismo con un saqueo, el de la ciudad de Baza por el ejército de los Reyes Católicos: «entraron y saquearon grandes riquezas, cautivando algunas cabezas, entre las cuales fue Daraja, doncella mora, única hija del alcaide de aquella fortaleza», muchacha bellísima de unos diecisiete años, que habla perfectamente el castellano. El rey la estima tanto que se la envía a su mujer, que la trata muy bien y la tiene junto a sí confiando en que se convierta al cristianismo. La reina Isabel se la llevará a Sevilla y le pedirá que vista como cristiana; cuando parte a poner cerco a Granada, la deja en casa de don Luis de Padilla, un caballero principal, para que se entretenga con su hija «doncella».

Sólo desde el paralelismo que hay entre los dos relatos puede entenderse la contradicción que hay entre el hecho reprobable de Clotaldo y su condición de caballero cristiano; el rapto de la niña pone en marcha la trama que imaginó Cervantes tras la lectura de la novela morisca. El capitán criará como hija a Isabela, le enseñará la lengua inglesa, aunque ella «no perdía la española, porque Clotaldo tenía cuidado de traerle a casa secretamente españoles que hablasen con ella»; es, por tanto, bilingüe como Daraja. Como ella tiene una religión distinta al mundo en que vive, ya que su nueva familia es católica en un contexto anglicano; y no sólo se hace mención de ello, sino que se convierte a momentos en asunto destacado. También el vestido «a la castellana» de Daraja tiene su correlato en la novela cervantina porque, cuando la reina Isabel –y es otra coincidencia la del nombre de las dos reinas– quiere ver a la cautiva, Clotaldo y su mujer la visten «a la española, con una saya entera de raso verde acuchillada y forrada en rica tela de oro», atuendo que se describe con detalle.

Tienen además en común el motivo literario de la enfermedad por amor; tanto Ozmín como Ricaredo, el hijo de Clotaldo, enfermarán por esa razón, aunque la cura de los dos jóvenes vendrá por caminos distintos. Ricaredo le confesará su amor a Isabela, y ésta, enamorada a su vez, lo aceptará; la recuperación del joven es espectacular y asombra a su familia; a Ozmín lo sana una idea que se le ocurre: ir a Sevilla en busca de su amada. En cambio, el momento en que los dos enamorados se ven en el jardín de la casa de don Luis inspiraría a Cervantes la escena central de otra novela, *El amante liberal*, prodigio de finura psicológica.

La española inglesa vuelve de nuevo a coincidir con el relato de Alemán al final: en la angustia de las jóvenes por la suerte de sus amados y en la solución *in extremis* de su historia amorosa; lo hace más en el diseño del episodio que en el contenido. Cuando llevan a ajusticiar a Ozmín, las calles se llenan para ver pasar a «un mancebo de tan buen talle y rostro»; don Luis llega con la provisión real para la salvación del condenado y se abre camino hasta él apartando a la gente; luego los caballeros de la ciudad acompañarán a un Ozmín ya libre a casa de don Luis. El final de *La española inglesa* nos lleva al acompañamiento de los caballeros a la bella Isabela, que ha decidido tomar el hábito; entre la multitud que rodea el cortejo se destaca un hombre que impedirá la entrada en el convento de Isabela; descubrirá el joven «una confusa madeja de cabellos de oro ensortijados y un rostro como el carmín y la nieve», descripción que indica su belleza, pero también su condición de extranjero. La gente principal que acompañaba a la bella Isabela irá luego con los dos jóvenes a casa de los padres de la muchacha, donde Ricaredo contará la parte desconocida de su historia.

Pero hasta llegar a este desenlace, el lector vivirá una sucesión de peripecias en un relato que se ha relacionado con el *Persiles* y que, en efecto, tiene ingredientes de la novela bizantina, con su batalla naval –como también la tiene *El amante liberal*– y con la peregrinación a Roma a modo de excusa para escapar de una situación sin salida provocada por el amor. Pero tiene además otros elementos: la misma parte épica está justificada como méritos que debe hacer el caballero para obtener a la dama al modo caballeresco. Comparte una peripecia con *La gitanilla:* la que provoca un amor perverso que se cruza en la historia de los dos enamorados; la acusación de robo de la Carducha, enamorada de Andrés, tiene su correlato en el envenenamiento de Isabela por la madre del conde Arnesto. Y a su vez reaparece el motivo literario en *Los trabajos de Persiles y Sigismunda,* en la decisión de Hipólita la Ferraresa, enamorada del joven Periandro; la dama de rumbo (al modo de la que se enamora y emponzoña a Tomás Rodaja) contrata a una hechicera y hace enfermar a Auristela, que pierde, como Isabela, la belleza.

Cervantes encierra en su obra a la gran comedia literaria del mundo y hace asomar un mismo motivo con variantes en distintas narraciones. Y en *La española inglesa* no olvida tampoco hacer un retrato de dama bella e inteligente, que sabe reaccionar ante las circunstancias adversas y que deja oír sus «honestas y discretas razones». Su belleza se destaca en una escena que nos recuerda la que protagonizan las mujeres admirando al galán en *El celoso extremeño;* esta vez son las damas de la reina que quieren hacerse todas ojos mirando a Isabela: «cuál alababa la viveza de sus ojos; cuál, la color del rostro; cuál, la gallardía del cuerpo, y cuál, la dulzura de la habla».

La trama de *La española inglesa* avanza con peripecias que dilatan la boda de los dos enamorados. El comienzo de la novela es su prehistoria, con el rapto de la niña, su vida en casa del caballero inglés y la convivencia con su hijo que lleva al motivo del amor entre niños –que está también en otra novela morisca: *El Abencerraje*–; con el tiempo se transforma ese sentimiento en la pasión que llevará casi a la muerte a Ricaredo. Desde el momento en que se decide la boda de los dos enamorados, empiezan las peripecias: primero será la decisión de la reina Isabel de que el joven se gane a Isabela con su esfuerzo –con el servicio como capitán de su armada–; después, la dilación solicitada por la camarera a causa del loco amor de su hijo por la joven, y el envenenamiento de Isabela. La pérdida de la belleza de la muchacha hará imposible su boda y supondrá la separación de los dos enamorados, que se dan el plazo de dos años para reunirse en Sevilla. El día en que se cumple el plazo y ella va a entrar en el convento –recobrada ya su belleza–, reaparece Ricaredo, liberado del cautiverio que ha sufrido, y se llega, por fin, al final feliz, no en Inglaterra, sino en España, en donde había comenzado el relato.

La primera dilación lleva a Ricaredo a sus hazañas guerreras, a su victoria sobre las galeras turcas del corsario Arnaute Mamí (capitán de los que cautivaron a Cervantes en 1575), pero también al encuentro con un matrimonio español, que resultarán ser los padres de Isabela. La peripecia lleva, pues, a la anagnórisis, pero no tiene ésta una función resolutoria en el relato, como en *La gitanilla,* porque los padres están fuera de su patria y carecen en ese momento de bienes. El encuentro con su hija, a quien no han dejado de buscar desde el rapto, llena de emotividad el relato: la confusión de los tres, el desasosiego de Isabela, advertido por la reina en su gesto, inician intuitivamente lo que después confirmará la señal en el cuerpo, el lunar negro tras la oreja: el reconocimiento.

Entre las hazañas épicas, coronadas por un valioso botín, y ese emotivo momento habrá un tránsito palaciego, con honores para el triunfador y admiración femenina por el guerrero. Y en ese espacio cortesano hay una piedra preciosa engastada: la actitud de una doncella casi niña que mira debajo de la escarcela de Ricaredo con la curiosidad de saber qué oculta; utiliza además las armas como espejo en gesto inolvidable de coquetería femenina, dando al traste con todo el aparato bélico.

La nueva unidad que se inicia con el envenenamiento de Isabela cerrará el tiempo inglés de la novela y dará lugar a una nueva separación de los dos enamorados. El narrador sigue en este caso a Isabela; antes se fue de Inglaterra con Ricaredo mientras ella le esperaba como doncella de la reina. Así el relato tiene ya geografía española, en donde Cervantes puede descender a detalles: el monasterio de Santa Paula en Sevilla será el lugar que Isabela da como referencia a Ricaredo para reunirse. Y la ciudad –y sus nombres– se convierte en el marco para los sucesos que faltan; además el novelista entra en precisiones monetarias que afianzan la verosimilitud de la recuperación económica de la familia de Isabela, dato esencial para crear el espacio definitivo y feliz para los jóvenes.

Ha pasado ya año y medio de la espera de la joven en tierra española cuando llega una carta con una terrible noticia: la muerte del ser amado. La entereza de Isabela corre pareja con su dolor inmenso; no le queda más que desaparecer del mundo, entregarse al servicio de Dios. Quedan aún «seis meses y medio», cuyo transcurso no tendrá más que unas pocas líneas en el texto novelesco; la espera se ha vaciado, sólo queda cumplir la palabra dada.

Así se llega a «pasóse el término de los dos años, y llegóse el día de tomar el hábito», que hace sospechar al lector que tal vez suceda algo. Como anuncio de la primera peripecia habíamos leído «cuatro días faltaban» para el matrimonio de Ricaredo e Isabela; antes de la segunda, dice el narrador: «pero en fin llegó el día» en que iba a celebrarse el enlace ya con el apoyo real, y entonces interviene la camarera de la reina rogándole el aplazamiento de dos días. Cuando, por tercera vez, el lector se encuentra con la llegada del día esperado, confía en que, por fin, se trueque la fortuna de los protagonistas, como así va a ser.

En el último momento, cuando «ya Isabela tenía un pie dentro de la portería del convento», llega Ricaredo y evita lo que no tenía marcha atrás. Sólo queda la pieza que faltaba para componer la historia completa: las peripecias de Ricaredo desde que se fue de su casa. Todo queda perfectamente ensamblado: se justifica el falso anuncio de su muerte, la ausencia del joven. Se nos cuentan nuevos episodios de traición del malvado conde Arnesto, la cautividad en Argel de Ricaredo, su rescate por los trinitarios –Cervantes noveliza de nuevo esa peripecia vital suya–, hasta su llegada en el preciso momento en que iba a perder definitivamente a su amada.

La felicidad de la pareja viene acompañada de un curioso detalle que fija en la realidad cotidiana el complejo relato, lleno de tan diversas peripecias, con retazos de novela bizantina, de narración de cautivo, con un rapto, una enfermedad por amor, con hazañas obligadas al modo caballeresco para merecer el amor de la dama, un desafío, un envenenamiento, una supuesta muerte a traición... Todo se cierra con esa compra que hacen Isabela y Ricaredo de unas casas a «los herederos de un hidalgo burgalés que se llamaba Hernando de Cifuentes». Aunque todavía queda algo más: la moraleja cervantina que subraya la ejemplaridad del relato, «cuánto puede la virtud y cuánto la hermosura» y «de cómo sabe el cielo sacar de las mayores adversidades nuestras nuestros mayores provechos». El cielo –o el novelista– sembró de adversidades la trayectoria de esos dos bellos jóvenes, la española Isabela y el inglés Ricaredo; pero al fin les concedió un futuro feliz para sus páginas en blanco secretas.

Un hecho histórico fue el punto de partida: todo comenzó en julio de 1596 cuando los ingleses saquearon Cádiz. Siete años tiene entonces Isabela; catorce tendrá cuando por primera vez está a punto de casarse; dos deberá esperar Isabela el regreso de Ricaredo; y en medio además han pasado sucesos que exigen cierto tiempo (se habla de treinta días para la hazaña de Ricaredo, de seis para boda y dilación, de dos meses en que tarda Isabela en recobrar su belleza). La cronología interna de la obra nos lleva hacia 1606; *La española inglesa* no es, desde luego, una novela temprana porque el relato de Ozmín y Daraja nos da ya el año de 1599 como fecha *post quem*.

La fuerza del auténtico amor guía la acción del relato: provoca la enfermedad y da la salud, infunde ánimos para arrostrar los peligros e incluso permanece después de desaparecida la belleza, de cuyo deseo nace. Ricaredo lleva su estandarte en todas las peripecias que vive. Frente a él, está el perverso amor, que utiliza el veneno y la traición para destruir la felicidad envidiada, para intentar llevar a la muerte a los dos bellos y virtuosos personajes que comparten ese sentimiento.

La española Isabela no tuvo que vivir imaginando abrazos ni recibiendo en su fantasía a la mitad de su alma, al inglés Ricaredo; esas casas tan reales, al lado del monasterio sevillano de Santa Paula, albergaron su felicidad; y aunque ésta fuera novelesca, no lo es el tiempo de placer que da su historia a cada uno de sus lectores.

La ilustre fregona

La ilustre fregona encierra en su título una aparente paradoja y funde en su contenido dos tramas de distinto registro. El lector va a empezar a leer una novela itinerante de la mano de un muchacho que engaña a su noble familia para ser pícaro a escondidas, y va a ver cómo se frena ese trazo novelesco por el amor de oídas, en cuya red cae su compañero. Pero, como no es novela bizantina, no conviene el análisis *in medias res*, sino por el inicio, como si de relato picaresco se tratara.

En la presentación de los personajes, Cervantes escoge de nuevo la dualidad con la que consigue tantos aciertos: dos son los jóvenes, amigos, que protagonizan esta novela; aunque no empieza con ellos, sino con sus padres, porque su actuación final va a permitir el desenlace: el relato de la vida pasada de uno de ellos va a dar realidad a lo que se intuye. *La ilustre fregona* es otra obra maestra del escritor, en donde desmiente la división que se suele aplicar a sus novelas, heredada –como dije– de las comedias de Torres Naharro: «a noticia» o realistas, y «a fantasía» o idealistas: uno de los jóvenes de familia principal y rica es un pícaro vocacional, y el otro se hará mozo de cebada por amor a la bella fregona. Si seguimos el discurso vital de Carriazo, encontraremos hechos que pudieran figurar en una novela picaresca; y si tomamos la senda de la de Avendaño, el esquema que construye *La gitanilla:* joven noble que está dispuesto a desempeñar un oficio humilde para estar cerca de su amada, joven bellísima de baja condición; el desenlace feliz de esta historia viene de la mano de la anagnórisis. Lo que sucede es que Cervantes mezcla ambas trayectorias, mantiene el enlace de los dos amigos y además inserta unidades narrativas reconocibles en ambas: la facecia de la cola en la de Carriazo; la violación de la dama desconocida en la de su padre, episodio que une las dos vidas paralelas novelescas: la ilustre fregona resultará ser la hermana de Carriazo. Un final de comedia de enredo cierra el relato, perfecto por la mezcla de ambientes, por la unión de ingredientes novelescos de distinto registro, por el ritmo medido de la narración.

Al perfilar el retrato moral de Carriazo, su vocación picaresca, Cervantes señala su excelencia en tal arte comparándolo con Guzmán: «Finalmente, él salió tan bien con el asunto de pícaro, que pudiera leer cátedra en la facultad al famoso de Alfarache». Así establece claramente una fecha *post quem* para su escritura: al menos después de 1599, impresión de la primera parte (o, incluso, de 1604, de la segunda). En esa etopeya, el narrador no deja de enseñar sus cartas de futuro para el joven porque deja a Carriazo convertido en «un pícaro virtuoso, limpio, bien criado y más que medianamente discreto»; no va a haber galeras para el arrepentimiento, porque el escritor va a recuperarlo para el lugar social al que pertenece dándole un honroso final.

Con él va a entrar el mundo de la picaresca en la obra, evocado en una panorámica general: «¡Oh pícaros de cocina, sucios, gordos y lucios, pobres fingidos, tullidos falsos...», y seguido de un relato sucinto de la vida de «Urdiales» –el visible *urdir* nos lleva a otro gran personaje cervantino: Pedro de Urdemalas– en la peregrinación al templo de la picaresca, las famosas almadrabas de Zahara de los Atunes. Sus tres años de ausencia –desde los «trece años, o poco más»– los llena Carriazo con «mil magníficas y luengas mentiras», que el narrador omite. Pero su inadaptación a la vida cortesana familiar –como lo será curiosamente siglos después un Manrique becqueriano– le lleva a la melancolía y a refugiarse en su imaginación. Es el momento en que su discurso vital va a unirse al de su amigo Avendaño, dispuesto a acompañarle a la «felicísima vida» que le pinta, en vez de continuar con sus estudios en Salamanca, a los que había dedicado los tres años de ausencia de su compañero.

Cervantes no desaprovecha los preparativos del engaño de los dos jóvenes, que darán esquinazo al ayo que les acompaña, y dibuja con muy pocos trazos un retrato de este personaje secundario, «que se había dejado crecer la barba porque diese autoridad a su cargo». El lector sabe muy bien cuál es la posición del narrador frente a ese «señor ayo», que resultará llamarse como el labrador vecino de don Quijote: Pedro Alonso. La carta que los dos jovencitos le dejan se cierra con otro referente cervantino, la alusión a las famosas coplas «puesto ya el pie en el estribo», aunque no sea el viaje definitivo, como el del escritor en el *Persiles,* sino sólo la supuesta marcha a Flandes.

También en ese momento, Cervantes hace otro de sus juegos malabares, porque el narrador habla del silencio del «autor de esta novela» sobre los medios que pusieron los padres para alcanzar a sus hijos, y además lo justifica; y de esta forma enlaza y funde su relato con el de ese novelista que interpone entre él y los hechos: «porque así como dejó puesto a caballo a Pedro Alonso, volvió a contar de lo que les sucedió a Avendaño y a Carriazo a la entrada de Illescas, diciendo que, al entrar de la puerta de la villa, encontraron dos mozos de mulas...». Les cuentan que han ahorcado a dos delincuentes, episodio semejante al que Quevedo introduce al final del *Buscón* cuando los rufianes hacen un repaso a los ajusticiados; parece lógico que la influencia fuera de la obra de Quevedo a la novela cervantina porque el novelista busca referentes picarescos para crear atmósfera y, en este caso, para que los dos mozos de mulas traigan a su conversación de forma normal la referencia a la belleza de la fregona de la posada del Sevillano. Si así fuera –también hay huellas de lectura del *Buscón,* mucho más claras, en *El coloquio de los perros*–, la fecha de *La ilustre fregona* tendría que llevarse a poco tiempo antes de su publicación, después de 1608, plausible fecha *a quo* para la escritura de la novela de Quevedo, que circularía manuscrita.

Cervantes también hace guiños al texto del *Lazarillo de Tormes:* Carriazo va a ser aguador como Lázaro; y se precisa la ganancia del que le vende el asno: «había ganado con él en menos tiempo de un año, después de haberse sustentado a él y al asno honradamente, dos pares de vestidos», detalle que nos lleva al hábito de hombre de bien que consigue comprarse Lázaro tras cuatro años de ejercer el oficio, donde Alfonso de Valdés subrayaba cómo explotaba el capellán al pobre Lázaro, cómo lo vendía diariamente por treinta monedas.

En boca, pues, de uno de los mozos de mulas está el retrato de la bella «fregona», que en ese instante entra en la novela y en la vida de Avendaño. La detención en la posada del Sevillano es obligada, y lo que parecía era parada se convierte en estancia. El viaje a las almadrabas nunca tendrá lugar; Toledo va a convertirse en el espacio del relato. La atracción que siente Avendaño al oír hablar de la belleza de la muchacha quedará convertida en enamoramiento fulminante al ver a Constanza esa noche a la luz de la vela que ella lleva.

A partir de ese momento, las vidas de los dos amigos, aunque unidas, siguen distintas vías: Carriazo se hará aguador –pasará a llamarse Lope Asturiano–, y Avendaño –que adoptará el nombre de Tomás Pedro–, mozo de cebada de la posada para poder estar cerca de su adorada Constanza. La atmósfera que Cervantes crea en torno a la muchacha tiene puntos en común con la de Preciosa, la gitanilla. El hijo del Corregidor la ronda con música, y entra la poesía en el relato con el soneto «Raro, humilde, sujeto, que levantas»; el dolor de muelas de Constanza, a cuyo remedio acude con una supuesta oración el ingenioso Avendaño, nos recuerda el casi desmayo de Juan de Cárcamo y cómo lo cura Preciosa.

Frente a la vida del joven Avendaño girando alrededor de Constanza, la de Carriazo la forman episodios violentos que le llevan a la cárcel; se enfrenta con otros aguadores, sufre cárcel, de la que le redime el dinero, juega con distinta fortuna, y acaba ensangrentado y con un mote en boca de los muchachos que le persiguen.

Como lazos entre ambos mundos están dos criadas de la posada, la Argüello y la Gallega, entradas en años, que marcan por suyos a los dos apuestos jóvenes, sin darse cuenta de que no son lo que parecen, de que su oficio es un trampantojo. A ellas tiene que añadirse, en ese espacio, el posadero y su mujer. Es una venta quijotesca la posada del Sevillano, a la que acudirán el Corregidor preguntando por la bella Constanza porque ha oído hablar de la afición de su hijo, y al final los padres de Carriazo y Avendaño. Frente al espacio vallado y aislado de *El celoso extremeño*, la venta se abre a visitantes y sucesos. A su puerta habrá coplas y baile, al modo del que hay en *Rinconete y Cortadillo*, pero con guitarra y canto del Asturiano, que sabe muy bien uno y otro arte, y que exhibe dominio del habla de germanía, el registro de la gente que participan en la escena, «mulantes y fregatrices». Al punto que acaba ésta, con gritos y amenazas, empieza otra, con el romance del hijo del Corregidor a Constanza: es el contrapunto cortesano al canto de los rufianes; ésa es la grandeza de Cervantes. Puede cambiar de registro, mudar suceso y versos en un instante, en el mismo espacio; y todo está perfectamente justificado por la construcción del relato. Los aguadores, mozos de mulas, criadas de posadas se mezclan en el ámbito novelesco con el hijo del Corregidor o los dos jóvenes nobles; y la bella joven, que desempeña el papel de hija de los mesoneros, acabará incorporándose a la otra esfera social.

Paralelo a la sucesión de hechos corre el diálogo de los dos amigos, con intercambio de burlas, pero con la amistad inquebrantable como fondo, ayudándose siempre mutuamente; los dos personajes traban las dos líneas narrativas y permiten la fusión de atmósferas, de ambientes, de cantos de uno u otro tipo, en lenguaje germanesco o en cortesano idealizado; y al mismo tiempo quedan ellos perfectamente diferenciados, con dos voces distintas.

Cervantes tampoco pierde la ocasión de que un personaje de la esfera rufianesca censure el lenguaje tópico del romance amoroso inadecuado al sujeto a quien se dirige, y así entremete la sátira. Barrabás, el mozo de mulas, que no ha entendido la mitad de lo que ha dicho Pedro, el hijo del Corregidor, exclama: «¡Allá irás, mentecato, trovador de Judas, que pulgas te coman los ojos! ¿Y quién diablos te enseñó a cantar a una fregona cosas de esferas y de cielos, llamándola lunes y martes, y de ruedas de fortuna?». Él apunta lo que debería decirle con comparaciones al uso («es tiesa como un espárrago, entonada como un plumaje...»), que suenan a burla. Pero en medio de su parlamento, asoma un «hay poetas en el mundo que escriben trovas que no hay diablo que las entienda», que nos lleva a Cristóbal de Castillejo y a su composición «contra los encarecimientos de las coplas españolas que tratan de amores», donde dice: «¿Qué mayor desaventura / que hablar por escritura / con quien sé que no la entiende?».

En seguida vendrá otra escena espléndida: la Argüello y la Gallega llamando a la puerta de los dos jóvenes, y Lope negándose a franquearles la entrada; su diálogo es tan divertido como el que tienen a continuación el Asturiano y Tomás en tono totalmente quijotesco: «Mirad, Tomás: ponedme vos a pelear con dos gigantes...», y por si hubiera alguna duda del registro de libro de caballerías, en seguida habla de las dos criadas exclamando: «¡Mirad qué doncellas de Dinamarca nos había ofrecido la suerte esta noche!». El asedio se está haciendo duro para los dos amigos. Y al mismo tiempo, el mesón del Sevillano ya no es un refugio seguro para los sentimientos de Tomás: las coplas descubiertas en el libro de la cebada ponen en alerta a los mesoneros, y el joven le ha revelado su amor a la bella Constanza con la añagaza de la oración para el dolor de muelas. Todo está preparándose para el desenlace; y, en efecto, está a punto de iniciarse la sucesión de visitas de caballeros al mesón que llevará a él.

Mientras, en el exterior, la acción protagonizada por el Asturiano alcanza de nuevo momentos críticos; es cuando Cervantes inserta el cuentecillo de la cola, de origen folklórico, que ya aparece con variantes en la patraña VI del *Patrañuelo* de Joan Timoneda y antes en relatos italianos. Prepara perfectamente la escena: la compra del asno en la Huerta del Rey, la reunión de aguadores, el jugarse Carriazo el animal, hasta la tensión última, que el aprendizaje que hizo en los tres años de pícaro le permite resolver triunfalmente; así puede luego el joven ejercer su liberalidad. Debajo del Lope Asturiano, aflora el noble Carriazo y consigue el aplauso de la concurrencia rufianesca, pero también el molesto mote con que los muchachos lo perseguirán (como lo harán con Ozmín por su condición de forastero en el relato morisco inserto en el *Guzmán*). La persecución callejera le llevará a encerrarse en casa para que se olviden de él, como único remedio para no oír el insoportable coro.

Las dos acciones han llegado, pues, a un callejón sin salida. Y en ese momento se van a suceder los hechos que llevarán al desenlace y reunirán de nuevo a los dos amigos en el ámbito social que les corresponde. De pronto llega el

Corregidor al mesón: «Las once serían de la noche cuando de improviso y sin pensarlo vieron entrar en la posada muchas varas de justicia, y al cabo el Corregidor». El lector advertirá entonces el papel de un personaje que nunca aparece, Pedro, el hijo del Corregidor, que canta su amor por Constanza. Su actuación hace verosímil la presencia de su padre en la posada y su curiosidad por la joven. La belleza de la muchacha resplandece de nuevo a la luz del candelero, como ya lo hizo al comienzo, cuando la vio por primera vez Avendaño. Es ahora el Corregidor quien la admira y sentencia, anticipando la revelación ya cercana: «Ésta no es joya para estar en el bajo engaste de un mesón».

El mesonero contará al Corregidor la parte de la historia que él sabe: la llegada de la bella peregrina supuestamente enferma, el parto, la confesión y las disposiciones con respecto a su hija. Una de las pruebas que dejó para que pudiera identificarse quien fuera a buscar a la niña –la cadena de oro a la que le faltaban seis trozos, y el blanco pergamino cortado a vueltas y a ondas– pasa a poder del Corregidor. Pero no es él quien puede resolver el enigma; su papel es el mismo que el de su hijo, el de intermediario; sólo al final tendrán ambos un lugar en el rompecabezas que se va recomponiendo.

En seguida vendrán los personajes que faltan: «El día siguiente, cerca de la una, entraron en la posada con cuatro hombres de a caballo dos caballeros ancianos de venerables presencias». El lector, avezado a tales lances, no se asombra al ver cómo Tomás, en el lugar estratégico que tiene como mozo de cebada, los reconoce: es su padre y el de Carriazo. Ni tampoco cómo uno de los dos caballeros muestra al mesonero los trozos de cadena y el de pergamino que faltan. Incluso una relación de parentesco enlazará a don Juan de Avendaño y al Corregidor; resultarán ser primos. El relato es como el pergamino cortado a ondas; todos van ocupando su lugar y todos resultarán estar relacionados. Del mismo modo que los trozos de cadena que aporta don Diego la completan, narrará él la parte que falta de la historia que contó el mesonero al Corregidor. El lector advierte la sabiduría narrativa cervantina, cómo distribuye en dos partes el relato, y el papel que en ello tiene ese personaje comodín, el Corregidor. La construcción de la novela es una auténtica filigrana.

La violación de la dama, en una atmósfera recreada espléndidamente, podría también proceder de alguna fuente italiana, pero está insertada en el lugar oportuno y ensamblada a la perfección en ese mundo ficticio tan complejo que ha sabido recrear Cervantes en el breve espacio de la novela. Es el padre de Carriazo el protagonista de esa historia tan poco ejemplar; de ahí que el perdón rápido que da a su hijo, el pícaro vocacional, no extraña a nadie.

Así Avendaño consigue el objeto de su amor, a la bellísima Constanza, que resulta ser la hermana de su amigo. El Corregidor tiene oportunamente una hija, que será la pareja de Carriazo; y Avendaño, una hermana, que será el premio de consolación para Pedro: «De esta manera quedaron todos contentos, alegres y satisfechos». Es el final feliz; sólo queda el miedo de Carriazo a que reaparezca en alguna sátira el «¡Daca la cola, Asturiano!» que tanto le atormentó. (El soldado Buitrago, con ribetes de pícaro, en la comedia *El gallardo español* sabe muy bien cómo duele el «¡Daca el alma!» con que le persiguen los muchachos.)

La comedia humana ha acabado. Dentro quedan pícaros y tahúres, mozas de mesón y una bellísima fregona que esconde a una joven noble, un pícaro por vocación y un enamorado, aguadores y mozos de mulas y de cebada, lances entre ellos que acaban en heridos y en cárcel, pero también coplas y bailes. Y caballeros nobles, historias amorosas, rondas de noche, pasados turbios, sacrificios por amor y una anagnórisis que lleva al desenlace que reinstaura la armonía y el silencio. Es el arte sin igual de Cervantes.

ROSA NAVARRO DURÁN

Criterio de la presente edición

Esta edición reproduce el texto de la primera: NOVELAS EXEMPLARES / DE MIGVEL DE / Ceruantes Saauedra. / DIRIGIDO A DON PEDRO FERNAN- / *dez de Castro, Conde de Lemos, de Andrade, de Villalua, / Marques de Sarria, Gentilhombre de la Camara de su / Magestad, Virrey, Gouernador, y Capitan General / del Reyno de Napoles, Comendador de la En- / comienda de la Zarça de la Orden / de Alcantara.* / Año 1613. / Cō priuilegio de Castilla, y de los Reynos de la Corona de Aragō. / EN MADRID, Por Iuan de la Cuesta. / Vendese en casa de Frãcisco de Robles, librero del Rey nr̄o Señor.

Modernizo la ortografía, pero mantengo las vacilaciones de las vocales átonas *(hinchir, recebir, ducientos, trairía,* etc.), las aglutinaciones de la preposición *de* con pronombres personales demostrativos *(della, destos, desta...),* los grupos consonánticos cultos (*respecto, faciones, efeto, sumptuosamente,* etc.), a veces con dobles formas, y otros rasgos de la lengua del texto *(apriesa, trujo, agora, ahajé, ansí, cosarios,* etc.). Acentúo y puntúo según las normas académicas.

En las notas abrevio las menciones del *Tesoro de la lengua castellana o española* de Sebastián de Covarrubias, ed.

de Martín de Riquer, Barcelona, Alta Fulla, 1987; del *Diccionario de Autoridades* de la Real Academia Española, ed. facsímil, Madrid, Gredos, 1969; del *Vocabulario de refranes y frases proverbiales* de Gonzalo Correas, ed. de Víctor Infantes, Madrid, Visor Libros, 1992, y del *Léxico del marginalismo del Siglo de Oro* de J. L. Alonso Hernández, Universidad de Salamanca, 1977.

La española inglesa

Entre los despojos que los ingleses llevaron de la ciudad de Cádiz[1], Clotaldo, un caballero inglés, capitán de una escuadra de navíos, llevó a Londres una niña de edad de siete años, poco más o menos. Y esto contra la voluntad y sabiduría del conde de Leste[2], que con gran diligencia hizo buscar la niña para volvérsela a sus padres, que ante él se quejaron de la falta de su hija, pidiéndole que, pues se contentaba con las haciendas y dejaba libres las personas, no fuesen ellos tan desdichados que, ya que quedaban pobres, quedasen sin su hija, que era la lumbre de sus ojos y la más hermosa criatura que había en toda la ciudad.

Mandó el conde echar bando por toda su armada que, so pena de la vida, volviese la niña cualquiera que la tuviese; mas ningunas penas ni temores fueron bastantes a que Clotaldo la[3] obedeciese, que la tenía escondida en su nave, aficionado, aunque cristianamente, a la incomparable her-

1. En julio de 1596 los ingleses saquearon Cádiz.
2. Es el conde de Essex, que, junto con el almirante Howard, mandaba las tropas inglesas.
3. *la* debería ser *lo* o suponer, como dice Avalle-Arce, *proclama, ley;* u *orden.*

mosura de Isabel, que así se llamaba la niña. Finalmente, sus padres se quedaron sin ella, tristes y desconsolados; y Clotaldo, alegre sobre modo, llegó a Londres y entregó por riquísimo despojo a su mujer a la hermosa niña.

Quiso la buena suerte que todos los de la casa de Clotaldo eran católicos secretos, aunque en lo público mostraban seguir la opinión de su reina. Tenía Clotaldo un hijo llamado Ricaredo, de edad de doce años, enseñado de sus padres a amar y temer a Dios y a estar muy entero en las verdades de la fe católica. Catalina, la mujer de Clotaldo, noble, cristiana y prudente señora, tomó tanto amor a Isabel, que como si fuera su hija, la criaba, regalaba e industriaba[4]. Y la niña era de tan buen natural que con facilidad aprendía todo cuanto le enseñaban. Con el tiempo y con los regalos fue olvidando los que sus padres verdaderos le habían hecho; pero no tanto que dejase de acordarse y de suspirar por ellos muchas veces; y aunque iba aprendiendo la lengua inglesa, no perdía la española, porque Clotaldo tenía cuidado de traerle a casa secretamente españoles que hablasen con ella. Desta manera, sin olvidar la suya, como está dicho, hablaba la lengua inglesa como si hubiera nacido en Londres.

Después de haberle enseñado todas las cosas de labor que puede y debe saber una doncella bien nacida, la enseñaron a leer y escribir más que medianamente. Pero en lo que tuvo extremo[5] fue en tañer todos los instrumentos que a una mujer son lícitos, y esto con toda perfección de música, acompañándola con una voz que le dio el cielo tan extremada, que encantaba cuando cantaba.

4. *industriaba:* enseñaba, instruía.

5. *extremo:* «exceso y esmero sumo en la ejecución de las operaciones del ánimo y voluntad», *Auts.* La voz de Isabel es también *extremada,* admirable, excelente.

Todas estas gracias, adqueridas y puestas sobre la natural suya, poco a poco fueron encendiendo el pecho de Ricaredo, a quien ella, como a hijo de su señor, quería y servía. Al principio le salteó amor con un modo de agradarse y complacerse de ver la sin igual belleza de Isabel y de considerar sus infinitas virtudes y gracias, amándola como si fuera su hermana, sin que sus deseos saliesen de los términos honrados y virtuosos. Pero como fue creciendo Isabel, que ya, cuando Ricaredo ardía, tenía doce años, aquella benevolencia[6] primera y aquella complacencia y agrado de mirarla se volvió en ardentísimos deseos de gozarla y de poseerla. No porque aspirase a esto por otros medios que por los de ser su esposo, pues de la incomparable honestidad de Isabela –que así la llamaban ellos– no se podía esperar otra cosa, ni aun él quisiera esperarla aunque pudiera, porque la noble condición suya y la estimación en que a Isabela tenía no consentían que ningún mal pensamiento echase raíces en su alma.

Mil veces determinó manifestar su voluntad a sus padres, y otras tantas no aprobó su determinación porque él sabía que le tenían dedicado para ser esposo de una muy rica y principal doncella escocesa, asimismo secreta cristiana como ellos; y estaba claro, según él decía, que no habían de querer dar a una esclava –si este nombre se podía dar a Isabela– lo que ya tenían concertado de dar a una señora. Y así, perplejo y pensativo, sin saber qué camino tomar para venir al fin de su buen deseo, pasaba una vida tal, que le puso a punto de perderla. Pero pareciéndole ser gran cobardía dejarse morir sin intentar algún género de remedio a su dolencia, se animó y esforzó a declarar su intento a Isabela.

6. *benevolencia:* amor, buena voluntad.

Andaban todos los de casa tristes y alborotados por la enfermedad de Ricaredo, que de todos era querido, y de sus padres con el extremo posible, así por no tener otro, como porque lo merecía su mucha virtud y su gran valor y entendimiento. No le acertaban los médicos la enfermedad, ni él osaba ni quería descubrírsela. En fin, puesto en romper por las dificultades que él se imaginaba, un día que entró Isabela a servirle, viéndola sola, con desmayada voz y lengua turbada, le dijo:

–Hermosa Isabela, tu valor, tu mucha virtud y grande hermosura me tienen como me ves. Si no quieres que deje la vida en manos de las mayores penas que pueden imaginarse, responda el tuyo[7] a mi buen deseo, que no es otro que el de recebirte por mi esposa a hurto de[8] mis padres, de los cuales temo que, por no conocer lo que yo conozco que mereces, me han de negar el bien que tanto me importa. Si me das la palabra de ser mía[9], yo te la doy, desde luego, como verdadero y católico cristiano, de ser tuyo; que, puesto que no llegue a gozarte, como no llegaré, hasta que con bendición de la Iglesia y de mis padres sea, aquel imaginar que con seguridad eres mía será bastante a darme salud y a mantenerme alegre y contento hasta que llegue el felice punto que deseo.

En tanto que esto dijo Ricaredo, estuvo escuchándole Isabela, los ojos bajos, mostrando en aquel punto que su honestidad se igualaba a su hermosura, y a su mucha discreción su recato. Y así, viendo que Ricaredo callaba, honesta, hermosa y discreta, le respondió desta suerte:

7. *tuyo:* catáfora, anticipación (tu *deseo).*
8. *a hurto de:* a escondidas.
9. Se propone sólo un compromiso matrimonial secreto, como luego precisa. El matrimonio secreto tuvo gran fortuna literaria, pero lo prohibió el Concilio de Trento (1545-1564).

–Después que quiso el rigor o la clemencia del cielo, que no sé a cuál destos extremos lo atribuya, quitarme a mis padres, señor Ricaredo, y darme a los vuestros, agradecida a las infinitas mercedes que me han hecho, determiné que jamás mi voluntad saliese de la suya; y así, sin ella tendría no por buena, sino por mala fortuna, la inestimable merced que queréis hacerme. Si con su sabiduría fuere yo tan venturosa que os merezca, desde aquí os ofrezco la voluntad que ellos me dieren; y en tanto que esto se dilatare o no fuere, entretengan vuestros deseos saber que los míos serán eternos y limpios en desearos el bien que el cielo puede daros.

Aquí puso silencio Isabela a sus honestas y discretas razones, y allí comenzó la salud de Ricaredo, y comenzaron a revivir las esperanzas de sus padres, que en su enfermedad muertas estaban.

Despidiéronse los dos cortésmente: él, con lágrimas en los ojos; ella, con admiración en el alma de ver tan rendida a su amor la de Ricaredo; el cual, levantado del lecho, al parecer de sus padres por milagro, no quiso tenerles más tiempo ocultos sus pensamientos.

Y así, un día se los manifestó a su madre, diciéndole en el fin de su plática, que fue larga, que si no le casaban con Isabela, que el negársela y darle la muerte era todo una misma cosa. Con tales razones, con tales encarecimientos subió al cielo las virtudes de Isabela Ricaredo, que le pareció a su madre que Isabela era la engañada en llevar a su hijo por esposo. Dio buenas esperanzas a su hijo de disponer a su padre a que con gusto viniese en lo que ya ella también venía. Y así fue; que, diciendo a su marido las mismas razones que a ella había dicho su hijo, con facilidad le movió a querer lo que tanto su hijo deseaba, fabricando excusas que impidiesen el casamiento que casi tenía concertado con la doncella de Escocia.

A esta razón tenía Isabela catorce, y Ricaredo, veinte años; y en esta tan verde y tan florida edad, su mucha discreción y conocida prudencia los hacía ancianos[10]. Cuatro días faltaban para llegarse aquél en el cual sus padres de Ricaredo querían que su hijo inclinase el cuello al yugo santo del matrimonio, teniéndose por prudentes y dichosísimos de haber escogido a su prisionera por su hija, teniendo en más la dote de sus virtudes que la mucha riqueza que con la escocesa se les ofrecía. Las galas estaban ya a punto, los parientes y los amigos convidados, y no faltaba otra cosa sino hacer a la reina sabidora de aquel concierto, porque sin su voluntad y consentimiento entre los de ilustre sangre no se efetúa casamiento alguno; pero no dudaron de la licencia, y así, se detuvieron en pedirla.

Digo, pues, que, estando todo en este estado, cuando faltaban los cuatro días hasta el de la boda[11], una tarde turbó todo su regocijo un ministro de la reina, que dio un recaudo a Clotaldo que su Majestad mandaba que otro día por la mañana llevasen a su presencia a su prisionera, la española de Cádiz. Respondióle Clotaldo que de muy buena gana haría lo que su Majestad le mandaba. Fuese el ministro, y dejó llenos los pechos de todos de turbación, de sobresalto y miedo.

–¡Ay! –decía la señora Catalina–, ¡si sabe la reina que yo he criado a esta niña a la católica, y de aquí viene a inferir que todos los desta casa somos cristianos!; pues si la reina le pregunta qué es lo que ha aprendido en ocho años que

10. Es el tópico *puer-senex*, jóvenes, pero ancianos por su prudencia. Véase E. R. Curtius, *Literatura europea y Edad Media latina*, Madrid, FCE, 1976, pp. 149-153.

11. Esta precisión en el plazo anuncia la peripecia, el cambio de fortuna, y la imposibilidad de cumplirlo.

ha que es prisionera, ¿qué ha de responder la cuitada que no nos condene, por más discreción que tenga?

Oyendo lo cual, Isabela dijo:

–No le dé pena alguna, señora mía, ese temor, que yo confío en el cielo que me ha de dar palabras en aquel instante, por su divina misericordia, que no sólo no os condenen, sino que redunden en provecho vuestro.

Temblaba Ricaredo, casi como adivino de algún mal suceso. Clotaldo buscaba modos que pudiesen dar ánimo a su mucho temor y no los hallaba sino en la mucha confianza que en Dios tenía y en la prudencia de Isabela, a quien encomendó mucho que por todas las vías que pudiese excusase el condenallos por católicos; que, puesto que estaban promptos con el espíritu a recebir martirio, todavía la carne enferma rehusaba su amarga carrera. Una y muchas veces les aseguró Isabela estuviesen seguros que por su causa no sucedería lo que temían y sospechaban, porque, aunque ella entonces no sabía lo que había de responder a las preguntas que en tal caso le hiciesen, tenía tan viva y cierta esperanza que había de responder de modo que, como otra vez había dicho, sus respuestas les sirviesen de abono[12].

Discurrieron aquella noche en muchas cosas, especialmente en que, si la reina supiera que eran católicos, no les enviara recaudo tan manso; por donde se podía inferir que sólo quería ver a Isabela, cuya sin igual hermosura y habilidades habría llegado[13] a sus oídos, como a todos los de la ciudad. Pero ya en no habérsela presentado se hallaban culpados, de la cual culpa hallaron sería bien disculparse con decir que desde el punto que entró en su poder

12. *abono:* «la afirmación o aprobación que se hace de que una cosa es de ley, segura y buena», *Auts.*

13. Concordancia en singular con un sujeto abstracto en plural.

la escogieron y señalaron para esposa de Ricaredo. Pero también en esto se culpaban, por haber hecho el casamiento sin licencia de la reina, aunque esta culpa no les pareció digna de gran castigo.

Con esto se consolaron y acordaron que Isabela no fuese vestida humildemente, como prisionera, sino como esposa, pues ya lo era de tan principal esposo como su hijo. Resueltos en esto, otro día vistieron a Isabela a la española, con una saya entera[14] de raso verde acuchillada y forrada en rica tela de oro, tomadas las cuchilladas con unas eses de perlas, y toda ella bordada de riquísimas perlas; collar y cintura de diamantes, y con abanico a modo de las señoras damas españolas. Sus mismos cabellos, que eran muchos, rubios y largos, entretejidos y sembrados de diamantes y perlas, le servían de tocado. Con este adorno riquísimo y con su gallarda disposición y milagrosa belleza, se mostró aquel día a Londres sobre una hermosa carroza, llevando colgados de su vista las almas y los ojos de cuantos la miraban. Iban con ella Clotaldo y su mujer y Ricaredo, en la carroza; y a caballo, muchos ilustres parientes suyos. Toda esta honra quiso hacer Clotaldo a su prisionera, por obligar a la reina la tratase como a esposa de su hijo.

Llegados, pues, a palacio y a una gran sala donde la reina estaba, entró por ella Isabela, dando de sí la más hermosa muestra que pudo caber en una imaginación. Era la sala grande y espaciosa, y a dos pasos se quedó el acompañamiento, y se adelantó Isabela. Y como quedó sola, pareció lo mismo que parece la estrella o exhalación[15] que por la región del fuego en serena y sosegada noche suele mo-

14. *saya entera:* «la que tiene falda larga», *Auts.* Cervantes casi siempre viste de verde a sus personajes en momentos solemnes.

15. *exhalación:* «vapor sutil que se levanta del orbe terráqueo y se enciende en el aire», *Auts.* (estrella fugaz).

verse, o bien ansí como rayo del sol que al salir del día por entre dos montañas se descubre. Todo esto pareció, y aun cometa que pronosticó el incendio de más de un alma de los que allí estaban, a quien Amor abrasó con los rayos de los hermosos soles de Isabela, la cual, llena de humildad y cortesía, se fue a poner de hinojos ante la reina y en lengua inglesa le dijo:

–Dé, Vuestra Majestad, las manos a esta su sierva, que desde hoy más se tendrá por señora, pues ha sido tan venturosa que ha llegado a ver la grandeza vuestra.

Estúvola la reina mirando por un buen espacio, sin hablarle palabra, pareciéndole, como después dijo a su camarera, que tenía delante un cielo estrellado, cuyas estrellas eran las muchas perlas y diamantes que Isabela traía; su bello rostro y sus ojos, el sol y la luna, y toda ella, una nueva maravilla de hermosura. Las damas que estaban con la reina quisieran hacerse todas ojos, por que no les quedase cosa por mirar en Isabela: cuál alababa[16] la viveza de sus ojos; cuál, la color del rostro; cuál, la gallardía del cuerpo, y cuál, la dulzura de la habla; y tal hubo que, de pura envidia, dijo:

–Buena es la española; pero no me contenta el traje.

Después que pasó algún rato la suspensión de la reina, haciendo levantar a Isabela, le dijo:

–Habladme en español, doncella, que yo le entiendo bien y gustaré dello.

Y volviéndose a Clotaldo, dijo:

–Clotaldo, agravio me habéis hecho en tenerme este tesoro tantos años ha encubierto; mas él es tal que os haya movido a codicia. Obligado estáis a restituírmele, porque de derecho es mío.

16. *acababa* en 1613.

–Señora –respondió Clotaldo–, mucha verdad es lo que Vuestra Majestad dice. Confieso mi culpa, si lo es haber guardado este tesoro a que estuviese en la perfección que convenía para parecer ante los ojos de Vuestra Majestad. Y ahora que lo está, pensaba traerle mejorado pidiendo licencia a Vuestra Majestad para que Isabela fuese esposa de mi hijo Ricaredo y daros, alta Majestad, en los dos, todo cuanto puedo daros.

–Hasta el nombre me contenta –respondió la reina–; no le faltaba más sino llamarse Isabela *la Española* para que no me quedase nada de perfección que desear en ella. Pero advertid, Clotaldo, que sé que sin mi licencia la teníades prometida a vuestro hijo.

–Así es verdad, señora –respondió Clotaldo–; pero fue en confianza que los muchos y relevados servicios que yo y mis pasados[17] tenemos hechos a esta corona alcanzarían de Vuestra Majestad otras mercedes más dificultosas que las desta licencia. Cuanto más que aún no está desposado mi hijo.

–Ni lo estará –dijo la reina– con Isabela hasta que por sí mismo lo merezca. Quiero decir que no quiero que para esto le aprovechen vuestros servicios ni de sus pasados; él por sí mismo se ha de disponer a servirme y a merecer por sí esta prenda, que ya la estimo como si fuese mi hija.

Apenas oyó esta última palabra Isabela cuando se volvió a hincar de rodillas ante la reina, diciéndole en lengua castellana:

–Las desgracias que tales descuentos[18] traen, serenísima señora, antes se han de tener por dichas que por des-

17. *pasados:* antepasados.
18. En *Auts.* aparece la frase *sea o vaya en descuento de mis pecados:* «frase con que se explica la conformidad con que alguno lleva el trabajo o contratiempo que le ha sobrevenido aplicándolo o atribuyéndolo a la satisfacción de lo que merecía padecer por sus culpas».

venturas. Ya Vuestra Majestad me ha dado nombre de hija: sobre tal prenda, ¿qué males podré temer o qué bienes no podré esperar?

Con tanta gracia y donaire decía cuanto decía Isabela, que la reina se le aficionó en extremo y mandó que se quedase en su servicio y se la entregó a una gran señora, su camarera mayor, para que la enseñase el modo de vivir suyo.

Ricaredo, que se vio quitar la vida en quitarle a Isabela, estuvo a pique de perder el juicio. Y así, temblando y con sobresalto, se fue a poner de rodillas ante la reina, a quien dijo:

–Para servir yo a Vuestra Majestad, no es menester incitarme con otros premios que con aquellos que mis padres y mis pasados han alcanzado por haber servido a sus reyes; pero, pues Vuestra Majestad gusta que yo la sirva con nuevos deseos y pretensiones, querría saber en qué modo y en qué ejercicio podré mostrar que cumplo con la obligación en que Vuestra Majestad me pone.

–Dos navíos –respondió la reina– están para partirse en corso[19], de los cuales he hecho general al barón de Lansac. Del uno dellos os hago a vos capitán, porque la sangre de do venís me asegura que ha de suplir la falta de vuestros años. Y advertid a la merced que os hago, pues os doy ocasión en ella a que, correspondiendo a quien sois, sirviendo a vuestra reina, mostréis el valor de vuestro ingenio y de vuestra persona y alcancéis el mejor premio que a mi parecer vos mismo podéis acertar a desearos. Yo misma os seré guarda de Isabela, aunque ella da muestras que su honestidad será su más verdadera guarda. Id con Dios que, pues vais enamorado, como imagino, grandes cosas me

19. *en corso:* «andar en corso, andar robando por la mar, de donde se dijo corsario, y perdida la r, cosario», *Tesoro*.

prometo de vuestras hazañas. Felice fuera el rey batallador que tuviera en su ejército diez mil soldados amantes que esperaran que el premio de sus vitorias había de ser gozar de sus amadas. Levantaos, Ricaredo, y mirad si tenéis o queréis decir algo a Isabela, porque mañana ha de ser vuestra partida.

Besó las manos Ricaredo a la reina, estimando en mucho la merced que le hacía, y luego se fue a hincar de rodillas ante Isabela y, queriéndola hablar, no pudo, porque se le puso un nudo en la garganta que le ató la lengua; y las lágrimas acudieron a los ojos, y él acudió a disimularlas lo más que le fue posible. Pero con todo esto, no se pudieron encubrir a los ojos de la reina, pues dijo:

–No os afrentéis, Ricaredo, de llorar, ni os tengáis en menos por haber dado en este trance tan tiernas muestras de vuestro corazón, que una cosa es pelear con los enemigos, y otra despedirse de quien bien se quiere. Abrazad, Isabela, a Ricaredo y dadle vuestra bendición, que bien lo merece su sentimiento.

Isabela, que estaba suspensa y atónita de ver la humildad y dolor de Ricaredo, que como a su esposo le amaba, no entendió lo que la reina le mandaba, antes comenzó a derramar lágrimas, tan sin pensar lo que hacía y tan sesga[20] y tan sin movimiento alguno, que no parecía sino que lloraba una estatua de alabastro. Estos afectos de los dos amantes, tan tiernos y tan enamorados, hicieron verter lágrimas a muchos de los circunstantes. Y sin hablar más palabra Ricaredo y sin le haber hablado alguna a Isabela, haciendo Clotaldo y los que con él venían reverencia a la reina, se salieron de la sala, llenos de compasión, de despecho y de lágrimas.

20. *sesgo:* «sereno y sosegado, sin turbación o alteración», *Auts.*, que se apoya en esta cita.

Quedó Isabela como huérfana que acaba de enterrar sus padres, y con temor que la nueva señora quisiese que mudase las costumbres en que la primera la había criado. En fin, se quedó. Y de allí a dos días Ricaredo se hizo a la vela, combatido, entre otros muchos, de dos pensamientos que le tenían fuera de sí: era el uno considerar que le convenía hacer hazañas que le hiciesen merecedor de Isabela; y el otro, que no podía hacer ninguna si había de responder a su católico intento, que le impedía no desenvainar la espada contra católicos; y si no la desenvainaba, había de ser notado de cristiano o de cobarde; y todo esto redundaba en perjuicio de su vida y en obstáculo de su pretensión. Pero, en fin, determinó de posponer al gusto de enamorado el que tenía de ser católico, y en su corazón pedía al cielo le deparase ocasiones donde, con ser valiente, cumpliese con ser cristiano, dejando a su reina satisfecha y a Isabela merecida.

Seis días navegaron los dos navíos, con próspero viento, siguiendo la derrota[21] de las islas Terceras[22], paraje donde nunca faltan o naves portuguesas de las Indias orientales o algunas derrotadas[23] de las occidentales[24]. Y al cabo de los seis días, les dio de costado un recísimo viento que en el mar Océano tiene otro nombre que en el Mediterráneo, donde se llama mediodía, el cual viento fue tan durable y tan recio, que, sin dejarles tomar las islas, les fue forzoso correr a España. Y junto a su costa, a la boca del estrecho de Gibraltar, descubrieron tres navíos: uno poderoso y grande, y los dos pequeños.

21. *derrota:* rumbo.
22. Las islas Azores.
23. *derrotar:* «sacar o arrojar el viento u tempestad a la embarcación del rumbo que llevaba», *Auts.*
24. Las Indias españolas, América.

Arribó la nave de Ricaredo a su capitan[a], para saber de su general si quería embestir a los tres navíos que se descubrían; y antes que a ella llegase, vio poner sobre la gavia[25] mayor un estandarte negro. Y llegándose más cerca, oyó que tocaban en la nave clarines y trompetas roncas, señales claras o que el general era muerto o alguna otra principal persona de la nave. Con este sobresalto llegaron a poderse hablar, que no lo habían hecho después que salieron del puerto. Dieron voces de la nave capitana diciendo que el capitán Ricaredo pasase a ella, porque el general la noche antes había muerto de una apoplejía. Todos se entristecieron, si no fue Ricaredo, que le alegró, no por el daño de su general, sino por ver que quedaba él libre para mandar en los dos navíos, que así fue la orden de la reina, que, faltando el general, lo fuese Ricaredo; el cual con presteza se pasó a la capitana, donde halló que unos lloraban por el general muerto, y otros se alegraban con el vivo. Finalmente, los unos y los otros le dieron luego la obediencia y le aclamaron por su general con breves ceremonias; no dando lugar a otra cosa dos de los tres navíos que habían descubierto, los cuales, desviándose del grande, a las dos naves se venían.

Luego conocieron ser galeras y turquescas, por las medias lunas que en las banderas traían; de que recibió gran gusto Ricaredo, pareciéndole que aquella presa, si el cielo se la concediese, sería de consideración, sin haber ofendido a ningún católico. Las dos galeras turquescas llegaron a reconocer los navíos ingleses, los cuales no traían insignias de Inglaterra, sino de España, por desmentir a quien llegase a reconocellos y no los tuviese por navíos de cosa-

25. *gavia:* «una como garita redonda que rodea toda la extremidad del mástil del navío», *Auts.*

rios. Creyeron los turcos ser naves derrotadas de las Indias y que con facilidad las rendirían. Fuéronse entrando poco a poco, y de industria[26] los dejó llegar Ricaredo hasta tenerlos a gusto de su artillería; la cual mandó disparar a tan buen tiempo, que con cinco balas dio en la mitad de una de las galeras, con tanta furia, que la abrió por medio toda. Dio luego a la banda[27] y comenzó a irse a pique sin poderse remediar. La otra galera, viendo tan mal suceso, con mucha priesa le dio cabo[28] y le llevó a poner debajo del costado del gran navío. Pero Ricaredo, que tenía los suyos prestos y ligeros, y que salían y entraban como si tuvieran remos, mandando cargar de nuevo toda la[29] artillería, los fue siguiendo hasta la nave, lloviendo sobre ellos infinidad de balas. Los de la galera abierta, así como llegaron a la nave, la desampararon, y con priesa y celeridad procuraban acogerse a la nave. Lo cual visto por Ricaredo y que la galera sana se ocupaba con la rendida, cargó sobre ella con sus dos navíos, y sin dejarla rodear[30] ni valerse de los remos, la puso en estrecho, que los turcos se aprovecharon ansimismo del refugio de acogerse a la nave, no para defenderse en ella, sino por escapar las vidas por entonces. Los cristianos de quien venían armadas las galeras, arrancando las branzas[31] y rompiendo las cadenas, mezclados con los turcos, también se acogieron a la nave; y como iban

26. *de industria:* «de propósito, de intento, artificiosamente», *Auts.*
27. *a la banda:* «voz náutica que se usa cuando el navío por algún golpe de mar o viento repentino zozobra o se va a sumergir por estar caído u dormido todo de un lado», *Auts.*
28. *dar cabo:* «dar cabo al bajel que no puede caminar con los demás y viene zorrero es echarle una maroma y traerle con ella a jorro», *Tesoro.*
29. *le* en 1613.
30. *rodear:* dar la vuelta.
31. *branza:* «argolla en que se aseguraba la cadena de los forzados en las galeras», R.A.E.

subiendo por su costado, con la arcabucería de los navíos los iban tirando como a blanco; a los turcos no más, que a los cristianos mandó Ricaredo que nadie los tirase. Desta manera, casi todos los más turcos fueron muertos, y los que en la nave entraron, por los cristianos que con ellos se mezclaron, aprovechándose de sus mismas armas, fueron hechos pedazos; que la fuerza de los valientes, cuando caen, se pasa a la flaqueza de los que se levantan. Y así, con el calor que les daba a los cristianos pensar[32] que los navíos ingleses eran españoles, hicieron por su libertad maravillas. Finalmente, habiendo muerto casi todos los turcos, algunos españoles se pusieron a borde[33] del navío y a grandes voces llamaron a los que pensaban ser españoles entrasen a gozar el premio del vencimiento.

Preguntóles Ricaredo en español que qué navío era aquél. Respondiéronle que era una nave que venía de la India de Portugal, cargada de especería y con tantas perlas y diamantes, que valía más de un millón de oro, y que con tormenta había arribado a aquella parte, toda destruida y sin artillería, por haberla echado a la mar la gente, enferma y casi muerta de sed y de hambre; y que aquellas dos galeras, que eran del cosario Arnaute Mamí[34], el día antes la habían rendido, sin haberse puesto en defensa, y que, a lo que habían oído decir, por no poder pasar tanta riqueza a sus dos bajeles, la llevaban a jorro[35] para meterla en el río de Larache, que estaba allí cerca.

32. *pensó* en 1613.
33. *borde:* «en el navío es la parte superior de los dos costados desde la popa a la proa», *Auts.*, que se apoya en esta cita.
34. *Arnaute Mamí:* capitán de los corsarios que apresaron a Cervantes en 1575; era un renegado de origen albanés. En el *Quijote,* el cautivo le dice al padre de Zoraida «que era esclavo de Arnaute Mamí», I, 41.
35. *a jorro:* «a remolco», *Auts.*

Ricaredo les respondió que, si ellos pensaban que aquellos dos navíos eran españoles, se engañaban, que no eran sino de la señora reina de Inglaterra; cuya nueva dio que pensar y que temer a los que la oyeron, pensando, como era razón que pensasen, que de un lazo habían caído en otro. Pero Ricaredo les dijo que no temiesen algún daño y que estuviesen ciertos de su libertad, con tal que no se pusiesen en defensa.

–Ni es posible ponernos en ella –respondieron–, porque, como se ha dicho, este navío no tiene artillería ni nosotros armas. Así que nos es forzoso acudir a la gentileza y liberalidad de vuestro general; pues será justo que quien nos ha librado del insufrible cautiverio de los turcos lleve adelante tan gran merced y beneficio, pues le podrá hacer famoso en todas las partes, que serán infinitas, donde llegare la nueva desta memorable vitoria y de su liberalidad, más de nosotros esperada que temida.

No le parecieron mal a Ricaredo las razones del español, y llamando a consejo los de su navío, les preguntó cómo haría para enviar todos los cristianos a España sin ponerse a peligro de algún siniestro suceso, si el ser tantos les daba ánimos para levantarse. Pareceres hubo que los hiciese pasar uno a uno a su navío y, así como fuesen entrando debajo de cubierta, matarle, y desta manera matarlos a todos, y llevar la gran nave a Londres sin temor ni cuidado alguno.

A esto respondió Ricaredo:

–Pues que Dios nos ha hecho tan gran merced en darnos tanta riqueza, no quiero corresponderle con ánimo cruel y desagradecido ni es bien que lo que puedo remediar con la industria[36] lo remedie con la espada. Y así, soy

36. *industria:* ingenio.

de parecer que ningún cristiano católico muera; no porque los quiero bien, sino porque me quiero a mí muy bien y querría que esta hazaña de hoy ni a mí ni a vosotros, que en ella me habéis sido compañeros, nos diese, mezclado con el nombre de valientes, el renombre de crueles, porque nunca dijo bien la crueldad con la valentía. Lo que se ha de hacer es que toda la artillería de un navío destos se ha de pasar a la gran nave portuguesa, sin dejar en el navío otras armas ni otra cosa más del bastimento[37]; y no [a]lejando la nave de nuestra gente, la llevaremos a Inglaterra, y los españoles se irán a España.

Nadie osó contradecir lo que Ricaredo había propuesto, y algunos le tuvieron por valiente y magnánimo y de buen entendimiento. Otros le juzgaron en sus corazones por más católico que debía. Resuelto, pues, en esto Ricaredo, pasó con cincuenta arcabuceros a la nave portuguesa, todos alerta y con las cuerdas[38] encendidas. Halló en la nave casi trecientas personas, de las que habían escapado de las galeras. Pidió luego el registro de la nave, y respondióle aquel mismo que desde el borde le habló la vez primera que el registro le había tomado el cosario de los bajeles, que con ellos se había ahogado. Al instante puso el torno en orden; y acostando su segundo bajel a la gran nave, con maravillosa presteza y con fuerza de fortísimos cabestrantes[39], pasaron la artillería del pequeño bajel a la mayor nave. Luego, haciendo una breve plática a los cristianos, les mandó pasar al bajel desembarazado, donde hallaron bastimento en abundancia para más de un mes y para más

37. *bastimento:* provisiones.
38. *cuerdas:* mechas.
39. *cabestrante:* «torno de madera grueso con que se cogen las áncoras y los cabos para tirar e izar las velas, subir o bajar maderos u otra cosa de peso en los navíos», *Auts.*

gente. Y así como se iban embarcando, dio a cada uno cuatro escudos de oro españoles, que hizo traer de su navío, para remediar en parte su necesidad cuando llegasen a tierra, que estaba tan cerca, que las altas montañas de Abila y Calpe[40] desde allí se parecían. Todos le dieron infinitas gracias por la merced que les hacía, y el último que se iba a embarcar fue aquel que por los demás había hablado; el cual le dijo:

–Por más ventura tuviera, valeroso caballero, que me llevaras contigo a Inglaterra que no que me enviaras a España, porque aunque es mi patria y no habrá sino seis días que della partí, no he de hallar en ella otra cosa que no sea de ocasiones de tristezas y soledades mías. Sabrás, señor, que en la pérdida de Cádiz, que sucedió habrá quince años, perdí una hija que los ingleses debieron llevar a Inglaterra y con ella perdí el descanso de mi vejez y la luz de mis ojos, que, después que no la vieron, nunca han visto cosa que de su gusto sea. El grave descontento en que me dejó su pérdida y la de la hacienda, que también me faltó, me pusieron de manera que ni más quise ni más pude ejercitar la mercancía, cuyo trato me había puesto en opinión de ser el más rico mercader de toda la ciudad. Y así era la verdad, pues fuera del crédito, que pasaba de muchos centenares de millares de escudos, valía mi hacienda dentro de las puertas de mi casa más de cincuenta mil ducados. Todo lo perdí y no hubiera perdido nada como no hubiera perdido a mi hija. Tras esta general desgracia, y tan particular mía, acudió la necesidad a fatigarme, hasta tanto que, no pudiéndola resistir, mi mujer y yo, que es aquella triste que allí está sentada, determinamos irnos a las Indias, común refugio de los pobres generosos. Y habiéndo-

40. El estrecho de Gibraltar.

nos embarcado en un navío de aviso[41] seis días ha, a la salida de Cádiz dieron con el navío estos dos bajeles de cosarios y nos cautivaron, donde se renovó nuestra desgracia, y se confirmó nuestra desventura. Y fuera mayor si los cosarios no hubieran tomado aquella nave portuguesa, que los entretuvo hasta haber sucedido lo que él había visto.

Preguntóle Ricaredo cómo se llamaba su hija. Respondióle que Isabel. Con esto acabó de confirmarse Ricaredo en lo que ya había sospechado, que era que el que se lo contaba era el padre de su querida Isabela. Y sin darle algunas nuevas della, le dijo que de muy buena gana llevaría a él y a su mujer a Londres, donde podría ser hallasen nuevas de la que deseaban. Hízolos pasar luego a su capitana, poniendo marineros y guardas bastantes en la nao portuguesa.

Aquella noche alzaron velas y se dieron priesa a apartarse de las costas de España, porque el navío de los cautivos libres –entre los cuales también iban hasta veinte turcos, a quien también Ricaredo dio libertad, por mostrar que más por su buena condición y generoso ánimo se mostraba liberal que por forzarle amor que a los católicos tuviese– rogó a los españoles que en la primera ocasión que se ofreciese diesen entera libertad a los turcos, que ansimismo se le mostraron agradecidos.

El viento, que daba señales de ser próspero y largo, comenzó a calmar un tanto, cuya calma levantó gran tormenta de temor en los ingleses, que culpaban a Ricaredo y a su liberalidad, diciéndole que los libres podían dar aviso en España de aquel suceso y que, si acaso había galeones de armada en el puerto, podían salir en su busca y poner-

41. *navío de aviso:* «el que se despacha por el Consejo Supremo de Indias con órdenes y despachos del rey para el gobierno de aquellos reinos, y vuelve a España y trae noticias del estado en que se hallan», *Auts.*

los en aprieto y en término de perderse. Bien conocía Ricaredo que tenían razón; pero venciéndolos a todos con buenas razones, los sosegó. Pero más los quietó el viento, que volvió a refrescar[42] de modo que, dándole todas las velas, sin tener necesidad de amainallas ni aun de templallas[43], dentro de nueve días se hallaron a la vista de Londres. Y cuando en él, vitoriosos, volvieron, habría treinta que dél faltaban.

No quiso Ricaredo entrar en el puerto con muestras de alegría, por la muerte de su general, y así mezcló las señales alegres con las tristes. Unas veces sonaban clarines regocijados; otras, trompetas roncas; unas tocaban los atambores alegres y sobresaltadas armas, a quien con señas tristes y lamentables respondían los pífaros[44]; de una gavia colgaba, puesta al revés, una bandera de medias lunas sembrada; en otra se veía un luengo estandarte de tafetán negro, cuyas puntas besaban el agua. Finalmente, con estos tan contrarios extremos entró en el río de Londres con su navío, porque la nave no tuvo fondo en él que la sufriese y así se quedó en la mar a lo largo.

Estas tan contrarias muestras y señales tenían suspenso el infinito pueblo que desde la ribera les miraba. Bien conocieron por algunas insignias que aquel navío menor era la capitana del barón de Lansac, mas no podían alcanzar cómo el otro navío se hubiese cambiado con aquella poderosa nave, que en la mar se quedaba. Pero sacólos desta duda haber saltado en el esquife, armado de todas armas, ricas y resplandecientes, el valeroso Ricaredo; que a pie, sin esperar otro acompañamiento que aquel de un inume-

42. *refrescar:* «volver de nuevo a la acción», *Auts.*
43. *templar:* «moderar y proporcionar las velas al viento recogiéndolas, si es muy fuerte, y extendiéndolas, si es suave o blando», *Auts.*
44. *pífaro* o *pífano:* instrumento militar, pequeña flauta.

rable vulgo que le seguía, se fue a palacio, donde ya la reina, puesta a unos corredores, estaba esperando le trujesen la nueva de los navíos.

Estaba con la reina, con las otras damas, Isabela, vestida a la inglesa, y parecía tan bien como a la castellana. Antes que Ricaredo llegase, llegó otro que dio las nuevas a la reina de cómo Ricaredo venía. Alborozóse Isabela oyendo el nombre de Ricaredo, y en aquel instante temió y esperó malos y buenos sucesos de su venida.

Era Ricaredo alto de cuerpo, gentil hombre y bien proporcionado. Y como venía armado de peto, espaldar, gola[45] y brazaletes[46] y escarcelas, con unas armas milanesas de once vistas[47], grabadas y doradas, parecía en extremo bien a cuantos le miraban. No le cubría la cabeza morrión alguno, sino un sombrero de gran falda, de color leonado, con mucha diversidad de plumas terciadas a la valona; la espada, ancha; los tiros[48], ricous; las calzas, a la esguízara[49]. Con este adorno, y con el paso brioso que llevaba, algunos hubo que le compararon a Marte, dios de las batallas; y otros, llevados de la hermosura de su rostro, dicen que le compararon a Venus, que para hacer alguna burla a Marte de aquel modo se había disfrazado. En fin, él llegó ante la reina. Puesto de rodillas, le dijo:

–Alta Majestad, en fuerza de vuestra ventura y en consecución de mi deseo, después de haber muerto de una

45. *gola:* «arma defensiva que se pone sobre el peto para cubrir y defender la garganta», *Auts.*
46. *brazalete:* «la armadura de hierro que cubre y defiende el brazo», *Auts.; escarcelas:* «armadura que cae desde la cintura al muslo», *Auts.*
47. Las armas milanesas eran famosas por el temple de su acero. Schevill y Bonilla afirman que *once vistas* se refiere a las once piezas de que constaban las armaduras.
48. *tiros:* «las correas de que cuelga la espada, por estar tirantes», *Auts.*
49. *a la esguízara:* a la suiza.

apoplejía el general de Lansac, quedando yo en su lugar merced a la liberalidad vuestra, me deparó la suerte dos galeras turquescas que llevaban remolcando aquella gran nave que allí se parece. Acometíla, pelearon vuestros soldados como siempre, echáronse a fondo los bajeles de los cosarios. En el uno de los nuestros, en vuestro real nombre, di libertad a los cristianos que del poder de los turcos escaparon; sólo truje conmigo a un hombre y a una mujer españoles, que por su gusto quisieron venir a ver la grandeza vuestra. Aquella nave es de las que vienen de la India de Portugal, la cual por tormenta vino a dar en poder de los turcos, que con poco trabajo, por mejor decir sin ninguno, la rindieron; y según dijeron algunos portugueses de los que en ella venían, pasa de un millón de oro el valor de la especería y otras mercancías de perlas y diamantes que en ella vienen. A ninguna cosa se ha tocado ni los turcos habían llegado a ella, porque todo lo dedicó el cielo, y yo lo mandé guardar, para Vuestra Majestad; que con una joya sola que se me dé quedaré en deuda de otras diez naves. La cual joya ya Vuestra Majestad me la tiene prometida, que es a mi buena Isabela; con ella quedaré rico y premiado, no sólo deste servicio, cual él se sea, que a Vuestra Majestad he hecho, sino de otros muchos que pienso hacer por pagar alguna parte del todo casi infinito que en esta joya Vuestra Majestad me ofrece.

–Levantaos, Ricaredo –respondió la reina–, y creedme que, si por precio[50] os hubiera de dar a Isabela, según yo la estimo, no la pudiérades pagar ni con lo que trae esa nave ni con lo que queda en las Indias. Dóyosla porque os la prometí, y porque ella es digna de vos, y vos lo sois della; vuestro valor solo la merece. Si vos habéis guardado las jo-

50. *precio:* premio.

yas de la nave para mí, yo os he guardado la joya vuestra para vos. Y aunque os parezca que no hago mucho en volveros lo que es vuestro, yo sé que os hago mucha merced en ello; que las prendas que se compran a deseos y tienen su estimación en el alma del comprador, aquello valen que vale un alma, que no hay precio en la tierra con que aprecialla. Isabela es vuestra, veisla allí. Cuando quisiéredes, podéis tomar su entera posesión, y creo será con su gusto, porque es discreta y sabrá ponderar la amistad que le hacéis, que no la quiero llamar merced, sino amistad, porque me quiero alzar con el nombre de que yo sola puedo hacerle mercedes. Idos a descansar y venidme a ver mañana, que quiero más particularmente oír vuestras hazañas; y traedme esos dos que decís que de su voluntad han querido venir a verme, que se lo quiero agradecer.

Besóle las manos Ricaredo por las muchas mercedes que le hacía. Entróse la reina en una sala, y las damas rodearon a Ricaredo. Y una dellas, que había tomado grande amistad con Isabela, llamada la señora Tansi, tenida por la más discreta, desenvuelta y graciosa de todas, dijo a Ricaredo:

–¿Qué es esto, señor Ricaredo? ¿Qué armas son éstas? ¿Pensábades por ventura que veníades a pelear con vuestros enemigos? Pues en verdad que aquí todas somos vuestras amigas, si no es la señora Isabela, que como española está obligada a no teneros buena voluntad.

–Acuérdese ella, señora Tansi, de tenerme alguna, que, como yo esté en su memoria –dijo Ricaredo–, yo sé que la voluntad será buena, pues no puede caber en su mucho valor y entendimiento y rara hermosura la fealdad de ser desagradecida.

A lo cual respondió Isabela:

–Señor Ricaredo, pues he de ser vuestra, a vos está tomar de mí toda la satisfación que quisiéredes para recompensaros de las alabanzas que me habéis dado y de las mercedes que pensáis hacerme.

Estas y otras honestas razones pasó Ricaredo con Isabela y con las damas, entre las cuales había una doncella de pequeña edad, la cual no hizo sino mirar a Ricaredo mientras allí estuvo. Alzábale las escarcelas por ver qué traía debajo dellas, tentábale la espada, y con simplicidad de niña quería que las armas le sirviesen de espejo, llegándose a mirar de muy cerca en ellas[51]. Y cuando se hubo ido, volviéndose a las damas, dijo:

–Ahora, señoras, yo imagino que debe de ser cosa hermosísima la guerra, pues aun entre mujeres parecen bien los hombre armados.

–¿Y cómo si parecen? –respondió la señora Tansi–; si no, mirad a Ricaredo, que no parece sino que el sol se ha bajado a la tierra y en aquel hábito va caminando por la calle.

Riyeron todas del dicho de la doncella y de la disparatada semejanza de Tansi, y no faltaron murmuradores que tuvieron por impertinencia el haber venido armado Ricaredo a palacio; puesto que halló disculpa en otros, que dijeron que, como soldado, lo pudo hacer para mostrar su gallarda bizarría.

Fue Ricaredo de sus padres, amigos, parientes y conocidos[52] con muestras de entrañable amor recebido. Aquella noche se hicieron generales alegrías en Londres por su buen suceso. Ya los padres de Isabela estaban en casa de Clotaldo, a quien Ricaredo había dicho quién eran, pero que no les diesen nueva ninguna de Isabela hasta que él mismo se la diese. Este aviso tuvo la señora Catalina, su madre, y todos los criados y criadas de su casa.

51. Es una maravilla esta escena, un esbozo psicológico finísimo.
52. *conocidas* en 1613; *entreñable* en tal edición.

Aquella misma noche, con muchos bajeles, lanchas y barcos, y con no menos ojos que lo miraban, se comenzó a descargar la gran nave, que en ocho días no acabó de dar la mucha pimienta y otras riquísimas mercaderías que en su vientre encerradas tenía.

El día que siguió a esta noche fue Ricaredo a palacio, llevando consigo al padre y madre de Isabela, vestidos de nuevo[53] a la inglesa, diciéndoles que la reina quería verlos. Llegaron todos donde la reina estaba en medio de sus damas, esperando a Ricaredo, a quien quiso lisonjear y favorecer con tener junto a sí a Isabela, vestida con aquel mismo vestido que llevó la vez primera, mostrándose no menos hermosa ahora que entonces. Los padres de Isabela quedaron admirados y suspensos de ver tanta grandeza y bizarría junta. Pusieron los ojos en Isabela y no la conocieron, aunque el corazón, presagio del bien que tan cerca teníian, les comenzó a saltar en el pecho, no con sobresalto que les entristeciese, sino con un no sé qué de gusto, que ellos no acertaban a entendelle. No consintió la reina que Ricaredo estuviese de rodillas ante ella; antes le hizo levantar y sentar en una silla rasa[54], que para sólo esto allí puesta tenían, inusitada merced para la altiva condición de la reina. Y alguno dijo a otro:

–Ricaredo no se sienta hoy sobre la silla que le han dado, sino sobre la pimienta que él trujo.

Otro acudió y dijo:

–Ahora se verifica lo que comúnmente se dice, que dádivas quebrantan peñas, pues las que ha traído Ricaredo han ablandado el duro corazón de nuestra reina.

Otro acudió y dijo:

53. *de nuevo:* por primera vez.
54. *silla rasa:* sin respaldo.

–Ahora que está tan bien ensillado, más de dos se atreverán a correrle[55].

En efeto, de aquella nueva honra que la reina hizo a Ricaredo, tomó ocasión la envidia para nacer en muchos pechos de aquellos que mirándole estaban; porque no hay merced que el príncipe haga a su privado que no sea una lanza que atraviesa el corazón del envidioso. Quiso la reina saber de Ricaredo menudamente[56] cómo había pasado la batalla con los bajeles de los cosarios. Él la contó de nuevo, atribuyendo la victoria a Dios y a los brazos valerosos de sus soldados, encareciéndolos a todos juntos y particularizando algunos hechos de algunos que más que los otros se habían señalado, con que obligó a la reina a hacer a todos merced, y en particular a los particulares[57]. Y cuando llegó a decir la libertad que en nombre de su Majestad había dado a los turcos y cristianos, dijo:

–Aquella mujer y aquel hombre que allí están –señalando a los padres de Isabela– son los que dije ayer a Vuestra Majestad que, con deseo de ver vuestra grandeza, encarecidamente me pidieron los trujese conmigo. Ellos son de Cádiz, y de lo que ellos me han contado, y de lo que en ellos he visto y notado, sé que son gente principal y de valor.

Mandóles la reina que se llegasen cerca. Alzó los ojos Isabela a mirar los que decían ser españoles, y más de Cádiz, con deseo de saber si por ventura conocían a sus padres. Ansí como Isabela alzó los ojos, los puso en ella su madre y detuvo el paso para mirarla más atentamente; y en la memoria de Isabela se comenzaron a despertar unas confusas noticias que le querían dar a entender que en

55. *correrle:* afrentarle.
56. *menudamente:* con exactitud y pormenores.
57. A los que Ricaredo había destacado.

otro tiempo ella había visto aquella mujer que delante tenía. Su padre estaba en la misma confusión, sin osar determinarse a dar crédito a la verdad que sus ojos le mostraban. Ricaredo estaba atentísimo a ver los afectos y movimientos que hacían las tres dudosas y perplejas almas, que tan confusas estaban entre el sí y el no de conocerse. Conoció la reina la suspensión de entrambos y aun el desasosiego de Isabela, porque la vio trasudar y levantar la mano muchas veces a componerse el cabello[58].

En esto deseaba Isabela que hablase la que pensaba ser su madre: quizá los oídos la sacarían de la duda en que sus ojos la habían puesto. La reina dijo a Isabela que en lengua española dijese a aquella mujer y a aquel hombre le dijesen qué causa les había movido a no querer gozar de la libertad que Ricaredo les había dado, siendo la libertad la cosa más amada, no sólo de la gente de razón, mas aun de los animales que carecen della.

Todo esto preguntó Isabela a su madre, la cual, sin responderle palabra, desatentadamente[59] y medio tropezando, se llegó a Isabela. Y sin mirar a respecto, temores ni miramientos cortesanos, alzó la mano a la oreja derecha de Isabela y descubrió un lunar negro que allí tenía, la cual señal acabó de certificar su sospecha[60]. Y viendo claramente ser Isabela su hija, abrazándose con ella, dio una gran voz, diciendo:

–¡Oh, hija de mi corazón! ¡Oh, prenda cara del alma mía!

Y sin poder pasar adelante, se cayó desmayada en los brazos de Isabela.

Su padre, no menos tierno que prudente, dio muestras de su sentimiento no con otras palabras que con derramar

58. El gesto, delator de un estado de ánimo.
59. *desatentadamente:* sin tiento, sin miramiento ni cordura.
60. Culmina la anagnórisis.

lágrimas, que sesgamente[61] su venerable rostro y barbas le bañaron. Juntó Isabela su rostro con el de su madre, y volviendo los ojos a su padre, de tal manera le miró que le dio a entender el gusto y el descontento que de verlos allí su alma tenía. La reina, admirada de tal suceso, dijo a Ricaredo:

–Yo pienso, Ricaredo, que en vuestra discreción se han ordenado estas vistas[62], y no se os diga que han sido acertadas, pues sabemos que así suele matar una súbita alegría como mata una tristeza.

Y diciendo esto, se volvió a Isabela y la apartó de su madre; la cual, habiéndole echado agua en el rostro, volvió en sí. Y estando un poco más en su acuerdo, puesta[63] de rodillas delante de la reina, le dijo:

–Perdone, Vuestra Majestad, mi atrevimiento, que no es mucho perder los sentidos con la alegría del hallazgo desta amada prenda.

Respondióle la reina que tenía razón, sirviéndole de intérprete, para que lo entendiese, Isabela, la cual, de la manera que se ha contado, conoció a sus padres, y sus padres a ella; a los cuales mandó la reina quedar en palacio, para que de espacio pudiesen ver y hablar a su hija y regocijarse con ella. De lo cual Ricaredo se holgó mucho y de nuevo pidió a la reina le cumpliese la palabra que le había dado de dársela, si es que acaso la merecía; y de no merecerla, le suplicaba desde luego le mandase ocupar en cosas que le hiciesen digno de alcanzar lo que deseaba. Bien entendió la reina que estaba Ricaredo satisfecho de sí mismo y de su mucho valor, que no había necesidad de nuevas

61. Como antes, serenamente.
62. *vistas:* «la concurrencia de dos o más sujetos que se ven a fin determinado», *Auts.*
63. *puesto* en 1613.

pruebas para calificarle; y así, le dijo que de allí a cuatro días le entregaría a Isabela[64], haciendo a los dos la honra que a ella fuese posible.

Con esto se despidió Ricaredo, contentísimo con la esperanza propincua que llevaba de tener en su poder a Isabela sin sobresalto de perderla, que es el último deseo de los amantes.

Corrió el tiempo, y no con la ligereza que él quisiera; que los que viven con esperanzas de promesas venideras siempre imaginan que no vuela el tiempo, sino que anda sobre los pies de la pereza misma. Pero en fin llegó el día, no donde pensó Ricaredo poner fin a sus deseos, sino de hallar en Isabela gracias nuevas que le moviesen a quererla más, si más pudiese. Mas en aquel breve tiempo, donde él pensaba que la nave de su buena fortuna corría con próspero viento hacia el deseado puerto, la contraria suerte levantó en su mar tal tormenta, que mil veces temió anegarle[65].

Es, pues, el caso que la camarera mayor de la reina, a cuyo cargo estaba Isabela, tenía un hijo de edad de veinte y dos años, llamado el conde Arnesto. Hacíanle la grandeza de su estado, la alteza de su sangre, el mucho favor que su madre con la reina tenía, hacíanle –digo– estas cosas más de lo justo arrogante, altivo y confiado. Este Arnesto, pues, se enamoró de Isabela tan encendidamente, que en la luz de los ojos de Isabela tenía abrasada el alma. Y aunque, en el tiempo que Ricaredo había estado ausente, con algunas señales le había descubierto su deseo, nunca de Isabela fue admitido. Y puesto que la repugnancia y los desdenes en los principios de los amores suelen hacer desistir de la em-

64. De nuevo la precisión del plazo anuncia su no cumplimiento.
65. Lenguaje marítimo en uso metafórico en un relato en donde lo marino ha sido central.

presa a los enamorados, en Arnesto obraron lo contrario los muchos y conocidos desdenes que le dio Isabela, porque con su celo ardía y con su honestidad se abrasaba. Y como vio que Ricaredo, según el parecer de la reina, tenía merecida a Isabela, y que en tan poco tiempo se le había de entregar por mujer, quiso desesperarse[66]. Pero antes que llegase a tan infame y tan cobarde remedio, habló a su madre, diciéndole pidiese a la reina le diese a Isabela por esposa; donde no, que pensase que la muerte estaba llamando a las puertas de su vida. Quedó la camarera admirada de las razones de su hijo y, como conocía la aspereza de su arrojada condición y la tenacidad con que se le pegaban los deseos en el alma, temió que sus amores habían de parar en algún infelice suceso. Con todo eso, como madre, a quien es natural desear y procurar el bien de sus hijos, prometió al suyo de hablar a la reina, no con esperanza de alcanzar della el imposible de romper su palabra, sino por no dejar de intentar, como en salir desafuciada, los últimos remedios.

Y estando aquella mañana Isabela vestida por orden de la reina tan ricamente que no se atreve la pluma a contarlo, y habiéndole echado la misma reina al cuello una sarta de perlas de las mejores que traía la nave, que las apreciaron en veinte mil ducados, y puéstole un anillo de un diamante, que se apreció en seis mil escudos, y estando alborozadas las damas por la fiesta que esperaban del cercano desposorio[67], entró la camarera mayor a la reina y de rodillas le suplicó suspendiese el desposorio de Isabela por otros dos días; que con esta merced sola que su Majestad le hiciese se tendría por satisfecha y pagada de todas las mercedes que por sus servicios merecía y esperaba.

66. *desesperarse:* suicidarse, como se comprueba por lo que dice a continuación.
67. Adviértase cómo se prolonga la espera, con los gerundios.

Quiso saber la reina primero por qué le pedía con tanto ahínco aquella suspensión, que tan derechamente iba contra la palabra que tenía dada a Ricaredo; pero no se la quiso dar la camarera hasta que le hubo otorgado que haría lo que le pedía, tanto deseo tenía la reina de saber la causa de aquella demanda. Y así, después que la camarera alcanzó lo que por entonces deseaba, contó a la reina los amores de su hijo y cómo temía que, si no le daban por mujer a Isabela, o se había de desesperar o hacer algún hecho escandaloso; y que, si había pedido aquellos dos días, era por dar lugar a que su Majestad pensase qué medio sería a propósito y conveniente para dar a su hijo remedio.

La reina respondió que si su real palabra no estuviera de por medio, que ella hallara salida a tan cerrado laberinto, pero que no la quebrantaría ni defraudaría las esperanzas de Ricaredo por todo el interés del mundo. Esta respuesta dio la camarera a su hijo; el cual, sin detenerse un punto, ardiendo en amor y en celos, se armó de todas armas y sobre un fuerte y hermoso caballo se presentó ante la casa de Clotaldo, y a grandes voces pidió que se asomase Ricaredo a la ventana; el cual a aquella sazón estaba vestido de galas de desposado y a punto para ir a palacio con el acompañamiento que tal acto requería. Mas habiendo oído las voces y siéndole dicho quién las daba y del modo que venía, con algún sobresalto se asomó a una ventana. Y como le vio Arnesto, dijo:

–Ricaredo, estáme atento a lo que decirte quiero. La reina, mi señora, te mandó fueses a servirla y a hacer hazañas que te hiciesen merecedor de la sin par Isabela. Tú fuiste y volviste cargadas las naves de oro, con el cual piensas haber comprado y merecido a Isabela. Y aunque la reina, mi señora, te la ha prometido, ha sido creyendo que no hay ninguno en su corte que mejor que tú la sirva ni quien con mejor título merezca a Isabela, y en esto bien podrá ser se haya engañado. Y así, llegándome a esta opinión que yo tengo por verdad averiguada, digo que ni tú has hecho cosas tales que te hagan merecer a Isabela ni ninguna podrás hacer que a tanto bien te levanten. Y en razón de que no la mereces, si quisieres contradecirme, te desafío a todo trance de muerte.

Calló el conde, y desta manera le respondió Ricaredo:

–En ninguna manera me toca salir a vuestro desafío, señor conde, porque yo confieso no sólo que no merezco a Isabela, sino que no la merece ninguno de los que hoy viven en el mundo. Así que, confesando yo lo que vos decís, otra vez digo que no me toca vuestro desafío; pero yo le acepto por el atrevimiento que habéis tenido en desafiarme.

Con esto se quitó de la ventana y pidió apriesa sus armas. Alborotáronse sus parientes y todos aquellos que para ir a palacio habían venido a acompañarle. De la mucha gente que había visto al conde Arnesto armado y le había oído las voces del desafío, no faltó quien lo fue a contar a la reina, la cual mandó al capitán de su guarda que fuese a prender al conde. El capitán se dio tanta priesa, que llegó a tiempo que ya Ricaredo salía de su casa armado con las armas con que se había desembarcado[68], puesto sobre un hermoso caballo.

Cuando el conde vio al capitán, luego imaginó a lo que venía, y determinó de no dejar prenderse; y alzando la voz contra Ricaredo, dijo:

–Ya ves, Ricaredo, el impedimento que nos viene. Si tuvieres ganas de castigarme, tú me buscarás; y por la que yo tengo de castigarte, también te buscaré; y pues dos que se

68. Cervantes remite al lector a una imagen ya descrita, como antes hizo con el vestido de Isabela.

buscan fácilmente se hallan, dejemos para entonces la ejecución de nuestros deseos.

–Soy contento –respondió Ricaredo.

En esto llegó el capitán con toda su guarda[69] y dijo al conde que fuese preso en nombre de su Majestad. Respondió el conde que sí[70] daba; pero no para que le llevasen a otra parte que a la presencia de la reina. Contentóse con esto el capitán y, cogiéndole en medio de la guarda, le llevó a palacio ante la reina; la cual ya de su camarera estaba informada del amor grande que su hijo tenía a Isabela, y con lágrimas había suplicado a la reina perdonase al conde, que, como mozo y enamorado, a mayores yerros estaba sujeto.

Llegó Arnesto ante la reina, la cual, sin entrar con él en razones, le mandó quitar la espada y llevasen preso a una torre.

Todas estas cosas atormentaban el corazón de Isabela y de sus padres, que tan presto veían turbado el mar de su sosiego. Aconsejó la camarera a la reina que para sosegar el mal que podía suceder entre su parentela y la de Ricaredo, que se quitase la causa de por medio, que era Isabela, enviándola a España, y así cesarían los efetos que debían de temerse; añadiendo a estas razones decir que Isabela era católica y tan cristiana que ninguna de sus persuasiones, que habían sido muchas, la habían podido torcer en nada de su católico intento. A lo cual respondió la reina que por eso la estimaba en más, pues tan bien sabía guardar la ley que sus padres la habían enseñado; y que en lo de enviarla a España no tratase, porque su hermosa presencia y sus muchas gracias y virtudes le daban mucho gusto, y

69. *guarda:* guardia.
70. *que sí* se daba preso.

que, sin duda, si no aquel día, otro se la había de dar por esposa a Ricaredo, como se lo tenía prometido.

Con esta resolución de la reina, quedó la camarera tan desconsolada, que no la replicó palabra, y pareciéndole lo que ya le había parecido, que, si no era quitando a Isabela de por medio, no había de haber medio alguno que la rigurosa condición de su hijo ablandase ni redujese a tener paz con Ricaredo, determinó de hacer una de las mayores crueldades que pudo caber jamás en pensamiento de mujer principal, y tanto como ella lo era. Y fue su determinación matar con tósigo[71] a Isabela. Y como por la mayor parte sea la condición de las mujeres ser prestas y determinadas, aquella misma tarde atosigó a Isabela en una conserva que le dio, forzándola que la tomase por ser buena contra las ansias de corazón que sentía.

Poco espacio pasó después de haberla tomado, cuando a Isabela se le comenzó a hinchar la lengua y la garganta, y a ponérsele denegridos los labios, y a enronquecérsele la voz, turbársele los ojos y apretársele el pecho: todas conocidas señales de haberle dado veneno. Acudieron las damas a la reina contándole lo que pasaba y certificándole que la camarera había hecho aquel mal recaudo[72]. No fue menester mucho para que la reina lo creyese, y así, fue a ver a Isabela, que ya casi estaba expirando.

Mandó llamar la reina con priesa a sus médicos y, en tanto que tardaban, la hizo dar cantidad de polvos de unicornio[73], con otros muchos antídotos que los grandes

71. *tósigo:* veneno.
72. *mal recaudo:* mala acción.
73. Como dice Covarrubias: «está recebido en el vulgo que los demás animales, en las partes desiertas de África, no osan beber en las fuentes, por temor de la ponzoña que causan en las aguas las serpientes y animales ponzoñosos, esperando hasta que venga el unicornio y meta dentro dellas el cuerno con que las purifica», *Tesoro.*

príncipes suelen tener prevenidos para semejantes necesidades. Vinieron los médicos y esforzaron los remedios y pidieron a la reina hiciese decir a la camarera qué género de veneno le había dado, porque no se dudaba que otra persona alguna sino ella la hubiese avenenado. Ella lo descubrió, y con esta noticia los médicos aplicaron tantos remedios y tan eficaces, que con ellos y con el ayuda de Dios quedó Isabela con vida, o a lo menos con esperanza de tenerla.

Mandó la reina prender a su camarera y encerrarla en un aposento estrecho de palacio, con intención de castigarla como su delito merecía; puesto que ella se disculpaba diciendo que, en matar a Isabela, hacía sacrificio al cielo, quitando de la tierra a una católica y con ella la ocasión de las pendencias de su hijo.

Estas tristes nuevas oídas de Ricaredo, le pusieron en términos de perder el juicio: tales eran las cosas que hacía y las lastimeras razones con que se quejaba. Finalmente, Isabela no perdió la vida, que el quedar con ella la naturaleza lo comutó en dejarla sin cejas, pestañas y sin cabello, el rostro hinchado, la tez perdida, los cueros[74] levantados y los ojos lagrimosos. Finalmente, quedó tan fea, que como hasta allí había parecido un milagro de hermosura, entonces parecía un monstruo de fealdad. Por mayor desgracia tenían los que la conocían haber quedado de aquella manera que si la hubiera muerto el veneno.

Con todo esto, Ricaredo se la pidió a la reina y le suplicó se la dejase llevar a su casa, porque el amor que la tenía pasaba del cuerpo al alma, y que, si Isabela había perdido su belleza, no podía haber perdido sus infinitas virtudes.

74. *cueros:* pieles.

–Así es –dijo la reina–, lleváosla, Ricaredo, y haced cuenta que lleváis una riquísima joya encerrada en una caja de madera tosca. Dios sabe si quisiera dárosla como me la entregastes; pero, pues no es posible, perdonadme. Quizá el castigo que diere a la cometedora de tal delito satisfará en algo el deseo de la venganza.

Muchas cosas dijo Ricaredo a la reina desculpando a la camarera y suplicándola la perdonase, pues las desculpas que daba eran bastantes para perdonar mayores insultos. Finalmente, le entregaron a Isabela y a sus padres, y Ricaredo los llevó a su casa, digo, a la de sus padres. A las ricas perlas y al diamante añadió otras joyas la reina, y otros vestidos, tales que descubrieron el mucho amor que a Isabela tenía. La cual duró dos meses en su fealdad, sin dar indicio alguno de poder reducirse[75] a su primera hermosura; pero, al cabo deste tiempo, comenzó a caérsele el cuero y a descubrírsele su hermosa tez.

En este tiempo los padres de Ricaredo, pareciéndoles no ser posible que Isabela en sí volviese, determinaron enviar por la doncella de Escocia con quien primero que con Isabela tenían concertado de casar a Ricaredo; y esto sin que él lo supiese, no dudando que la hermosura presente de la nueva esposa hiciese olvidar a su hijo la ya pasada de Isabela, a la cual pensaban enviar a España con sus padres, dándoles tanto haber y riquezas que recompensasen sus pasadas pérdidas.

No pasó mes y medio cuando, sin sabiduría de Ricaredo, la nueva esposa se le entró por las puertas, acompañada como quien ella era y tan hermosa que, después de la Isabela que solía ser, no había otra tan bella en toda Lon-

75. *reducir:* «volver alguna cosa al lugar donde antes estaba o al estado que tenía», *Auts.*

dres. Sobresaltóse Ricaredo con la improvisa vista de la doncella y temió que el sobresalto de su venida había de acabar la vida a Isabela. Y así, para templar este temor, se fue al lecho donde Isabela estaba y hallóla en compañía de sus padres, delante de los cuales dijo:

–Isabela de mi alma, mis padres, con el grande amor que me tienen, aún no bien enterados del mucho que yo te tengo, han traído a casa una doncella escocesa con quien ellos tenían concertado de casarme antes que yo conociese lo que vales. Y esto, a lo que creo, con intención que la mucha belleza desta doncella borre de mi alma la tuya, que en ella estampada tengo. Yo, Isabela, desde el punto que te quise fue con otro amor de aquel que tiene su fin y paradero en el cumplimiento del sensual apetito; que, puesto que tu corporal hermosura me cautivó los sentidos, tus infinitas virtudes me aprisionaron el alma, de manera que, si hermosa te quise, fea te adoro. Y para confirmar esta verdad, dame esa mano.

Y dándole ella la derecha, y asiéndola él con la suya, prosiguió diciendo:

–Por la fe católica que mis cristianos padres me enseñaron, la cual si no está en la entereza que se requiere, por aquélla juro que guarda el Pontífice romano, que es la que yo en mi corazón confieso, creo y tengo, y por el verdadero Dios que nos está oyendo, te prometo, ¡oh Isabela, mitad de mi alma!, de ser tu esposo, y lo soy desde luego si tú quieres levantarme a la alteza de ser tuyo.

Quedó suspensa Isabela con las razones de Ricaredo, y sus padres atónitos y pasmados. Ella no supo qué decir ni hacer otra cosa que besar muchas veces la mano de Ricaredo y decirle, con voz mezclada con lágrimas, que ella le aceptaba por suyo y se entregaba por su esclava. Besóla Ricaredo en el rostro feo, no habiendo tenido jamás atrevimiento de llegarse a él cuando hermoso.

Los padres de Isabela solenizaron con tiernas y muchas lágrimas las fiestas del desposorio. Ricaredo les dijo que él dilataría el casamiento de la escocesa, que ya estaba en casa, del modo que después verían; y cuando su padre los quisiese enviar a España a todos tres, no lo rehusasen, sino que se fuesen y le aguardasen en Cádiz o en Sevilla dos años, dentro de los cuales les daba su palabra de ser con ellos, si el cielo tanto tiempo le concedía de vida. Y que si deste término pasase, tuviese[n] por cosa certísima que algún grande impedimento, o la muerte, que era lo más cierto, se había opuesto a su camino.

Isabela le respondió que no solos dos años le aguardaría, sino todos aquellos de su vida hasta estar enterada que él no la tenía; porque en el punto que esto supiese, sería el mismo de su muerte. Con estas tiernas palabras se renovaron las lágrimas en todos. Y Ricaredo salió a decir a sus padres cómo en ninguna manera se casaría ni daría la mano a su esposa, la escocesa, sin haber primero ido a Roma a asegurar su conciencia. Tales razones supo decir a ellos y a los parientes que habían venido con Clisterna, que así se llamaba la escocesa, que, como todos eran católicos, fácilmente las creyeron. Y Clisterna se contentó de quedar en casa de su suegro hasta que Ricaredo volviese, el cual pidió de término un año.

Esto ansí puesto y concertado, Clotaldo dijo a Ricaredo cómo determinaba enviar a España a Isabela y a sus padres, si la reina le daba licencia. Quizá los aires de la patria apresurarían y facilitarían la salud que ya comenzaba a tener. Ricaredo, por no dar indicio de sus designios, respondió tibiamente a su padre que hiciese lo que mejor le pareciese; sólo le suplicó que no quitase a Isabela ninguna cosa de las riquezas que la reina le había dado. Prometióselo Clotaldo, y aquel mismo día fue a pedir licencia a la reina, así para casar a su hijo con Clisterna, como para enviar a Isabela y a sus padres a España. De todo se contentó la reina y tuvo por acertada la determinación de Clotaldo. Y aquel mismo día, sin acuerdo de letrados y sin poner a su camarera en tela[76] de juicio, la condenó en que no sirviese más su oficio y en diez mil escudos de oro para Isabela; y al conde Arnesto, por el desafío, le desterró por seis años de Inglaterra. No pasaron cuatro días, cuando ya Arnesto se puso a punto de salir a cumplir su destierro, y los dineros estuvieron juntos.

La reina llamó a un mercader rico que habitaba en Londres, y era francés, el cual tenía correspondencia en Francia, Italia y España, al cual entregó los diez mil escudos y le pidió cédulas[77] para que se los entregasen al padre de Isabela en Sevilla o en otra playa de España. El mercader, descontados sus intereses y ganancias, dijo a la reina que las daría ciertas y seguras para Sevilla sobre otro mercader francés, su correspondiente, en esta forma: que él escribiría a París para que allí se hiciesen las cédulas por otro correspondiente suyo, a causa que rezasen las fechas de Francia y no de Inglaterra[78], por el contrabando de la comunicación de los dos reinos; y que bastaba llevar una letra de aviso suya sin fecha, con sus contraseñas, para que luego diese el dinero el mercader de Sevilla, que ya estaría avisado del de París. En resolución, la reina tomó tales seguridades del mercader, que no dudó de ser cierta la partida. Y no contenta con esto, mandó llamar a un patrón de una nave flamenca que estaba para partirse otro día a Francia a sólo tomar en algún puerto della testimonio para poder

76. *tela:* examen.
77. *cédulas:* letras.
78. Gran Bretaña no adoptaría hasta el siglo XVIII el calendario gregoriano.

entrar en España, a título de partir de Francia y no de Inglaterra; al cual pidió encarecidamente llevase en su nave a Isabela y a sus padres, y con toda seguridad y buen tratamiento los pusiese en un puerto de España, el primero a do llegase.

El patrón, que deseaba contentar a la reina, dijo que sí haría y que los pondría en Lisboa[79], Cádiz o Sevilla. Tomados, pues, los recaudos del mercader, envió la reina a decir a Clotaldo no quitase a Isabela todo lo que ella la había dado, así de joyas como de vestidos. Otro día[80] vino Isabela y sus padres a despedirse de la reina, que los recibió con mucho amor. Dioles la reina la carta del mercader y otras muchas dádivas, así de dineros como de otras cosas de regalo para el viaje. Con tales razones se lo agradeció Isabela, que de nuevo dejó obligada a la reina para hacerle siempre mercedes. Despidióse de las damas, las cuales, como ya estaba fea, no quisieran que se partiera, viéndose libres de la envidia que a su hermosura tenían y contentas de gozar de sus gracias y discreciones. Abrazó la reina a los tres, y encomendándolos a la buena ventura y al patrón de la nave, y pidiendo a Isabela la avisase de su buena llegada a España, y siempre de su salud, por la vía del mercader francés, se despidió de Isabela y de sus padres. Los cuales aquella misma tarde se embarcaron, no sin lágrimas de Clotaldo y de su mujer y de todos los de su casa, de quien era en todo extremo bien querida.

No se halló a esta despedida presente Ricaredo, que, por no dar muestras de tiernos sentimientos, aquel día hizo con unos amigos suyos le llevasen a caza. Los regalos que la señora Catalina dio a Isabela para el viaje fueron mu-

79. Portugal fue parte de España desde 1580 hasta 1640.
80. *otro día:* al día siguiente.

chos; los abrazos, infinitos; las lágrimas, en abundancia; las encomiendas de que la escribiese, sin número, y los agradecimientos de Isabela y de sus padres correspondieron a todo; de suerte que, aunque llorando, los dejaron satisfechos.

Aquella noche se hizo el bajel a la vela, y habiendo con próspero viento tocado en Francia y tomado en ella los recados necesarios para poder entrar en España, de allí a treinta días entró por la barra[81] de Cádiz, donde se desembarcaron Isabela y sus padres. Y siendo conocidos de todos los de la ciudad, los recibieron con muestras de mucho contento. Recibieron mil parabienes del hallazgo de Isabela y de la libertad que habían alcanzado, así de los moros que los habían cautivado –habiendo sabido todo su suceso de los cautivos que dio libertad la liberalidad de Ricaredo–, como de la que habían alcanzado de los ingleses.

Ya Isabela en este tiempo comenzaba a dar grandes esperanzas de volver a cobrar su primera hermosura. Poco más de un mes estuvieron en Cádiz, restaurando[82] los trabajos de la navegación; y luego se fueron a Sevilla por ver si salía cierta la paga de los diez mil ducados que librados sobre el mercader francés traían. Dos días después de llegar a Sevilla, le buscaron y le hallaron y le dieron la carta del mercader francés de la ciudad de Londres. Él la reconoció y dijo que, hasta que de París le viniesen las letras y carta de aviso, no podía dar el dinero; pero que por momentos aguardaba el aviso.

Los padres de Isabela alquilaron una casa principal frontero de Santa Paula, por ocasión que estaba monja en

81. *barra:* «el banco de arena o arrecife que a la entrada de algún puerto suele hacerla dificultosa», *Auts.*
82. *restaurando:* recobrándose.

aquel santo monasterio una sobrina suya, única y extremada en la voz; y así por tenerla cerca como por haber dicho Isabela a Ricaredo que, si viniese a buscarla, la hallaría en Sevilla, y le diría su casa su prima, la monja de Santa Paula; y que para conocella no había menester más de preguntar por la monja que tenía la mejor voz en el monasterio, porque estas señas no se le podían olvidar.

Otros cuarenta días tardaron de venir los avisos de París; y, a dos que llegaron, el mercader francés entregó los diez mil ducados a Isabela, y ella a sus padres; y con ellos y con algunos más que hicieron vendiendo algunas de las muchas joyas de Isabela, volvió su padre a ejercitar su oficio de mercader, no sin admiración de los que sabían sus grandes pérdidas. En fin, en pocos meses fue restaurando[83] su perdido crédito, y la belleza de Isabela volvió a su ser primero, de tal manera que, en hablando de hermosas, todos daban el lauro a la española inglesa: que tanto por este nombre como por su hermosura era de toda la ciudad conocida.

Por la orden del mercader francés de Sevilla, escribieron Isabela y sus padres a la reina de Inglaterra su llegada, con los agradecimientos y sumisiones que requerían las muchas mercedes della recebidas. Asimismo escribieron a Clotaldo y a su señora Catalina, llamándolos Isabela padres; y sus padres, señores. De la reina no tuvieron respuesta; pero de Clotaldo y de su mujer, sí, donde les daban el parabién de la llegada a salvo y los avisaban cómo su hijo Ricaredo, otro día después que ellos se hicieron a la vela, se había partido a Francia, y de allí a otras partes, donde le convenía a ir para seguridad de su conciencia, añadiendo a éstas otras razones y cosas de mucho amor y

83. Avalle-Arce y Sieber editan *restaurado.*

de muchos ofrecimientos. A la cual carta respondieron con otra no menos cortés y amorosa que agradecida.

Luego imaginó Isabela que el haber dejado Ricaredo a Inglaterra sería para venirla a buscar a España y, alentada con esta esperanza, vivía la más contenta del mundo y procuraba vivir de manera que, cuando Ricaredo llegase a Sevilla, antes le diese en los oídos la fama de sus virtudes que el conocimiento de su casa. Pocas o ninguna vez salía de su casa sino para el monasterio; no ganaba otros jubileos[84] que aquellos que en el monasterio se ganaban. Desde su casa y desde su oratorio andaba con el pensamiento, los viernes de Cuaresma, la santísima estación de la cruz, y los siete venideros del Espíritu Santo. Jamás visitó el río ni pasó a Triana ni vio el común regocijo en el campo de Tablada y puerta de Jerez el día, si le hace claro, de San Sebastián[85], celebrado de tanta gente que apenas se puede reducir a número. Finalmente, no vio regocijo público ni otra fiesta en Sevilla: todo lo libraba en su recogimiento y en sus oraciones y buenos deseos esperando a Ricaredo. Este su gran retraimiento tenía abrasados y encendidos los deseos no sólo de los pisaverdes[86] del barrio, sino de todos aquellos que una vez la hubiesen visto: de aquí nacieron músicas de noche en su calle y carreras de día. Deste no dejar verse y desearlo muchos, crecieron las alhajas de las terceras, que prometieron mostrarse primas y únicas en solicitar a Isabela; y no faltó quien se quiso aprovechar de lo que llaman hechizos, que no son sino embustes y dispa-

84. *jubileos:* «gracias, indulgencias y perdones que conceden los sumos Pontífices en cualquier tiempo», *Auts.*

85. El 20 de enero.

86. *pisaverdes:* «este nombre suelen dar al mozo galán, de poco seso, que va pisando de puntillas por no reventar el seso que lleva en los carcañales», *Tesoro.*

rates. Pero a todo esto estaba Isabela como roca en mitad del mar, que la tocan, pero no la mueven las olas ni los vientos.

Año y medio era ya pasado, cuando la esperanza propincua de los dos años por Ricaredo prometidos comenzó con más ahínco que hasta allí a fatigar el corazón de Isabela. Y cuando ya le parecía que su esposo llegaba y que le tenía ante los ojos y le preguntaba qué impedimentos le habían detenido tanto, cuando ya llegaban a sus oídos las disculpas de su esposo, y cuando ya ella le perdonaba y le abrazaba y como a mitad de su alma le recebía, llegó a sus manos una carta de la señora Catalina, fecha en Londres cincuenta días había. Venía en lengua inglesa; pero, leyéndola en español, vio que así decía:

«Hija de mi alma: Bien conociste a Guillarte, el paje de Ricaredo. Éste se fue con él al viaje, que por otra te avisé, que Ricaredo a Francia y a otras partes había hecho el segundo día de tu partida. Pues este mismo Guillarte, a cabo de diez y seis meses que no habíamos sabido de mi hijo, entró ayer por nuestra puerta con nuevas que el conde Arnesto había muerto a traición en Francia a Ricaredo. Considera, hija, cuál quedaríamos su padre y yo y su esposa con tales nuevas; tales digo, que aun no nos dejaron poner en duda nuestra desventura. Lo que Clotaldo y yo te rogamos otra vez, hija de mi alma, es que encomiendes muy de veras a Dios la de Ricaredo, que bien merece este beneficio el que tanto te quiso como tú sabes. También pedirás a Nuestro Señor nos dé a nosotros paciencia y buena muerte, a quien nosotros también pediremos y suplicaremos te dé a ti y a tus padres largos años de vida».

Por la letra y por la firma no le quedó que dudar a Isabela para no creer la muerte de su esposo. Conocía muy bien al paje Guillarte y sabía que era verdadero y que de suyo no habría querido ni tenía para qué fingir aquella muerte; ni menos su madre, la señora Catalina, la habría fingido, por no importarle nada enviarle nuevas de tanta tristeza. Finalmente, ningún discurso que hizo, ninguna cosa que imaginó le pudo quitar del pensamiento no ser verdadera la nueva de su desventura.

Acabada de leer la carta, sin derramar lágrimas ni dar señales de doloroso sentimiento, con sesgo rostro y al parecer con sosegado pecho, se levantó de un estrado donde estaba sentada y se entró en un oratorio; e hincándose de rodillas ante la imagen de un devoto crucifijo, hizo voto de ser monja, pues lo podía ser teniéndose por viuda. Sus padres disimularon y encubrieron con discreción la pena que les había dado la triste nueva, por poder consolar a Isabela en la amarga que sentía. La cual, casi como satisfecha de su dolor, templándole con la santa y cristiana resolución que había tomado, ella consolaba a sus padres, a los cuales descubrió su intento; y ellos le aconsejaron que no le pusiese en ejecución hasta que pasasen los dos años que Ricaredo había puesto por término a su venida, que con esto se confirmaría la verdad de la muerte de Ricaredo, y ella con más seguridad podía mudar de estado. Ansí lo hizo Isabela. Y los seis meses y medio que quedaban para cumplirse los dos años, los pasó en ejercicios de religiosa y en concertar la entrada del monasterio, habiendo elegido el de Santa Paula, donde estaba su prima.

Pasóse el término de los dos años, y llegóse el día de tomar el hábito, cuya nueva se extendió por la ciudad; y de los que conocían de vista a Isabela y de aquellos que por sola su fama, se llenó[87] el monasterio y la poca distancia que dél a la casa de Isabela había. Y convidando su padre a

87. *llevó* en 1613.

sus amigos, y aquéllos a otros, hicieron a Isabela uno de los más honrados acompañamientos que en semejantes actos se había visto en Sevilla. Hallóse en él el asistente[88] y el provisor[89] de la Iglesia y vicario del arzobispo, con todas las señoras y señores de título que había en la ciudad: tal era el deseo que en todos había de ver el sol de la hermosura de Isabela, que tantos meses se les había eclipsado. Y como es costumbre de las doncellas que van a tomar el hábito ir lo posible galanas y bien compuestas, como quien en aquel punto echa el resto de la bizarría y se descarta della, quiso Isabela ponerse lo[90] más bizarra que le fue posible. Y así, se vistió con aquel vestido mismo que llevó cuando fue a ver la reina de Inglaterra, que ya se ha dicho cuán rico y cuán vistoso era. Salieron a luz las perlas y el famoso diamante, con el collar y cintura, que asimismo era de mucho valor. Con este adorno y con su gallardía, dando ocasión para que todos alabasen a Dios en ella, salió Isabela de su casa a pie, que el estar tan cerca el monasterio excusó los coches y carrozas. El concurso de la gente fue tanto, que les pesó de no haber entrado en los coches, que no les daban lugar de llegar al monasterio. Unos bendecían a sus padres, otros al cielo, que de tanta hermosura la había dotado. Unos se empinaban por verla; otros, habiéndola visto una vez, corrían adelante por verla otra. Y el que más solícito se mostró en esto, y tanto que muchos echaron de ver en ello, fue un hombre vestido en hábito de los que vienen rescatados de cautivos, con una insignia de la Trinidad[91] en el pecho, en

88. *asistente:* corregidor.
89. *provisor:* «comúnmente se toma por el Vicario General, que tiene las veces del obispo en su obispado; y provisor, el que tiene cuidado de proveer alguna comunidad», *Tesoro.*
90. *lo: la* en 1613.
91. Los trinitarios rescataban cautivos; fue el trinitario fray Juan Gil quien redimió en Argel a Cervantes.

señal que han sido rescatados por la limosna de sus redemptores. Este cautivo, pues, al tiempo que ya Isabela tenía un pie dentro de la portería del convento, donde habían salido a recebirla, como es uso, la priora y las monjas con la cruz, a grandes voces dijo:

–Detente, Isabela; detente, que, mientras yo fuere vivo, no puedes tú ser religiosa.

A estas voces, Isabela y sus padres volvieron los ojos y vieron que, hendiendo por toda la gente, hacia ellos venía aquel cautivo, que, habiéndosele caído un bonete azul redondo que en la cabeza traía, descubrió una confusa madeja de cabellos de oro ensortijados y un rostro como el carmín y como la nieve, colorado y blanco, señales que luego le hicieron conocer y juzgar por extranjero de todos. En efeto, cayendo y levantando, llegó donde Isabela estaba y, asiéndola de la mano, le dijo:

–¿Conócesme, Isabela? Mira que yo soy Ricaredo, tu esposo.

–Sí conozco –dijo Isabela–, si ya no eres fantasma que viene a turbar mi reposo.

Sus padres le asieron y atentamente le miraron, y en resolución conocieron ser Ricaredo el cautivo; el cual, con lágrimas en los ojos, hincando las rodillas delante de Isabela, le suplicó que no impidiese la extrañeza del traje en que estaba su buen conocimiento, ni estorbase su baja fortuna que ella no correspondiese a la palabra que entre los dos se habían dado. Isabela, a pesar de la impresión que en su memoria había hecho la carta de la madre de Ricaredo dándole nuevas de su muerte, quiso dar más crédito a sus ojos y a la verdad que presente tenía, y así, abrazándose con el cautivo, le dijo:

–Vos, sin duda, señor mío, sois aquel que sólo podrá impedir mi cristiana determinación. Vos, señor, sois sin duda la mitad de mi alma, pues sois mi verdadero esposo. Estampado os tengo en mi memoria y guardado en mi alma. Las nuevas que de vuestra muerte me escribió mi señora y vuestra madre, ya que no me quitaron la vida, me hicieron escoger la de la religión, que en este punto quería entrar a vivir en ella. Mas, pues Dios con tan justo impedimento muestra querer otra cosa, ni podemos ni conviene que por mi parte se impida. Venid, señor, a la casa de mis padres, que es vuestra, y allí os entregaré mi posesión por los términos que pide nuestra santa fe católica.

Todas estas razones oyeron los circunstantes, y el asistente, y vicario, y provisor del arzobispo; y de oírlas se admiraron y suspendieron, y quisieron que luego se les dijese qué historia era aquélla, qué extranjero aquél, y de qué casamiento trataban. A todo lo cual respondió el padre de Isabela, diciendo que aquella historia pedía otro lugar y algún término para decirse. Y así, suplicaba a todos aquellos que quisiesen saberla diesen la vuelta a su casa, pues estaba tan cerca, que allí se la contarían de modo que con la verdad quedasen satisfechos y con la grandeza y extrañeza de aquel suceso admirados. En esto, uno de los presentes alzó la voz, diciendo:

–Señores, este mancebo es un gran cosario inglés, que yo le conozco, y es aquel que habrá poco más de dos años tomó a los cosarios de Argel la nave de Portugal que venía de las Indias. No hay duda sino que es él, que yo le conozco, porque él me dio libertad y dineros para venirme a España, y no sólo a mí, sino a otros trecientos cautivos.

Con estas razones se alborotó la gente y se avivó el deseo que todos tenían de saber y ver la claridad de tan intricadas cosas. Finalmente, la gente más principal, con el asistente y aquellos dos señores eclesiásticos, volvieron a acompañar a Isabela a su casa, dejando a las monjas tristes, confusas y llorando por lo que perdían en tener en su compañía a la hermosa Isabela. La cual, estando en su casa, en una gran sala della hizo que aquellos señores se sentasen. Y aunque Ricaredo quiso tomar la mano en contar su historia, todavía le pareció que era mejor fiarlo de la lengua y discreción de Isabela y no de la suya, que no muy expertamente hablaba la lengua castellana.

Callaron todos los presentes, y teniendo las almas pendientes de las razones de Isabela, ella así comenzó su cuento. El cual le reduzgo yo a que dijo todo aquello que, desde el día que Clotaldo la robó de Cádiz hasta que entró y volvió a él, le había sucedido, contando asimismo la batalla que Ricaredo había tenido con los turcos, la liberalidad que había usado con los cristianos, la palabra que entrambos a dos se habían dado de ser marido y mujer, la promesa de los dos años, las nuevas que había tenido de su muerte, tan ciertas a [s]u parecer, que la pusieron en el término que habían visto de ser religiosa. Engrandeció la liberalidad de la reina, la cristiandad de Ricaredo y de sus padres, y acabó con decir que dijese Ricaredo lo que le había sucedido después que salió de Londres hasta el punto presente, donde le veían con hábito de cautivo y con una señal de haber sido rescatado por limosna.

–Así es –dijo Ricaredo–, y en breves razones sumaré los inmensos trabajos míos.

»Después que me partí de Londres por excusar el casamiento que no podía hacer con Clisterna, aquella doncella escocesa católica con quien ha dicho Isabela que mis padres me querían casar, llevando en mi compañía a Guillarte, aquel paje que mi madre escribe que llevó a Londres las nuevas de mi muerte, atravesa[n]do por Francia, llegué a Roma, donde se alegró mi alma y se fortaleció mi fe. Besé los pies al Sumo Pontífice, confesé mis pecados con el mayor penitenciero, absolvióme dellos y diome los recaudos necesarios que diesen fe de mi confesión y penitencia y de la reducción[92] que había hecho a nuestra universal madre la Iglesia. Hecho esto, visité los lugares tan santos como inumerables que hay en aquella ciudad santa; y de dos mil escudos que tenía en oro, di los mil y seiscientos a un cambio[93], que me los libró en esta ciudad sobre un tal Roqui, florentín[94].

»Con los cuatrocientos que me quedaron, con intención de venir a España, me partí para Génova, donde había tenido nuevas que estaban dos galeras de aquella Señoría de partida para España. Llegué con Guillarte, mi criado, a un lugar que se llama Aquapendente[95], que, viniendo de Roma a Florencia, es el último que tiene el Papa. Y en una hostería o posada donde me apeé, hallé al conde Arnesto, mi mortal enemigo, que con cuatro criados, disfrazado y encubierto, más por ser curioso que por ser católico, entiendo que iba a Roma. Creí sin duda que no me había conocido. Encerréme en un aposento con mi criado y estuve con cuidado y con determinación de mudarme a otra posada en cerrando la noche. No lo hice ansí porque el descuido grande que no sé qué tenían el conde y sus criados me aseguró que no me habían conocido. Cené en mi aposento, cerré la puerta, apercebí mi espada, encomendéme a Dios y no quise acostarme. Durmióse mi criado, y yo sobre una silla me quedé medio dormido. Mas, poco después de la media noche, me despertaron para hacerme dormir el

92. *reducción:* sumisión.

93. *cambio:* «persona pública que, con autoridad del príncipe o de la república, pone el dinero de un lugar a otro con sus intereses», *Tesoro.*

94. Se edita también *Roqui Florentín;* pero más adelante dice *el mercader florentín.*

95. Acquapendente, cerca de la Toscana.

eterno sueño: cuatro pistoletes, como después supe, dispararon contra mí el conde y sus criados; y dejándome por muerto, teniendo ya a punto los caballos, se fueron, diciendo al huésped de la posada que me enterrase, porque era hombre principal. Y con esto se fueron.

»Mi criado, según dijo después el huésped, despertó al ruido y con el miedo se arrojó por una ventana que caía a un patio, y diciendo "¡Desventurado de mí, que han muerto a mi señor!", se salió del mesón. Y debió de ser con tal miedo, que no debió de parar hasta Londres, pues él fue el que llevó las nuevas de mi muerte. Subieron los de la hostería y halláronme atravesado con cuatro balas y con muchos perdigones; pero todas por partes que de ninguna fue mortal la herida. Pedí confesión y todos los sacramentos como católico cristiano. Diéronmelos, curáronme, y no estuve para ponerme en camino en dos meses.

»Al cabo de los cuales vine a Génova, donde no hallé otro pasaje sino en dos falugas[96], que fletamos yo y otros dos principales españoles: la una para que fuese delante descubriendo, y la otra donde nosotros fuésemos. Con esta seguridad nos embarcamos, navegando tierra a tierra[97] con intención de no engolfarnos. Pero llegando a un paraje que llaman las Tres Marías[98], que es en la costa de Francia, yendo nuestra primer faluga descubriendo, a deshora salieron de una cala dos galeotas turquescas; y tomándonos la una la mar y la otra la tierra, cuando íbamos a embestir en ella, nos cortaron el camino y nos cautivaron. En entrando en la galeota, nos desnudaron hasta dejarnos en carnes. Despojaron las falugas de cuanto lleva-

96. *faluga:* faluca, «embarcación pequeña que tiene sólo seis remos y ninguna cubierta», *Auts.*
97. *tierra a tierra:* costeando.
98. Les Saintes Maries, pequeño puerto cerca de Marsella.

ban y dejáronlas embestir en tierra sin echallas a fondo, diciendo que aquéllas les servirían otra vez de traer otra galima, que con este nombre llaman ellos a los despojos que de los cristianos toman. Bien se me podrá creer si digo que sentía en el alma mi cautiverio, y sobre todo la pérdida de los recaudos de Roma, donde en una caja de lata los traía, con la cédula de los mil y seiscientos ducados. Mas la buena suerte quiso que viniese a manos de un cristiano cautivo español, que las guardó; que si vinieran a poder de los turcos, por lo menos había de dar por mi rescate lo que rezaba la cédula, que ellos averiguaran cúya era.

»Trujéronnos a Argel, donde hallé que estaban rescatando los padres de la Santísima Trinidad. Hablélos, díjeles quién era, y movidos de caridad, aunque yo era extranjero, me rescataron en esta forma: que dieron por mí trecientos ducados, los ciento luego y los docientos cuando volviese el bajel de la limosna a rescatar al padre de la redempción, que se quedaba en Argel empeñado en cuatro mil ducados, que había gastado más de los que traía. Porque a toda esta misericordia y liberalidad se extiende la caridad destos padres, que dan su libertad por la ajena y se quedan cautivos por rescatar los cautivos. Por añadidura del bien de mi libertad, hallé la caja perdida con los recaudos y la cédula. Mostrésela al bendito padre que me había rescatado, y ofrecíle quinientos ducados más de los de mi rescate para ayuda de su empeño. Casi un año se tardó en volver la nave de la limosna. Y lo que en este año me pasó, a poderlo contar ahora, fuera otra nueva historia. Sólo diré que fui conocido de uno de los veinte turcos que di libertad con los demás cristianos ya referidos, y fue tan agradecido y tan hombre de bien que no quiso descubrirme; porque, a conocerme los turcos por aquél que había echado a fondo sus dos bajeles y quitádoles de las manos la gran nave de la India, o me presentaran al Gran Turco o me quitaran la vida; y de presentarme al Gran Señor, redundara no tener libertad en mi vida.

»Finalmente, el padre redemptor vino a España conmigo y con otros cincuenta cristianos rescatados. En Valencia, hicimos la procesión general; y desde allí cada uno se partió donde más le plugo con las insignias de su libertad, que son estos habiticos. Hoy llegué a esta ciudad, con tanto deseo de ver a Isabela, mi esposa, que sin detenerme a otra cosa pregunté por este monasterio, donde me habían de dar nuevas de mi esposa. Lo que en él me ha sucedido ya se ha visto. Lo que queda por ver son estos recaudos, para que se pueda tener por verdadera mi historia, que tiene tanto de milagrosa como de verdadera.

Y luego, en diciendo esto, sacó de una caja de lata los recaudos que decía y se los puso en manos del provisor, que los vio junto con el señor asistente, y no halló en ellos cosa que le hiciese dudar de la verdad que Ricaredo había contado. Y para más confirmación della, ordenó el cielo que se hallase presente a todo esto el mercader florentín sobre quien venía la cédula de los mil y seiscientos ducados; el cual pidió que le mostrasen la cédula y, mostrándosela, la reconoció y la aceptó para luego, porque él muchos meses había que tenía aviso desta partida. Todo esto fue añadir admiración a admiración y espanto a espanto. Ricaredo dijo que de nuevo ofrecía los quinientos ducados que había prometido. Abrazó el asistente a Ricaredo y a sus padres de Isabela y a ella, ofreciéndoseles a todos con corteses razones. Lo mismo hicieron los dos señores eclesiásticos, y rogaron a Isabela que pusiese toda aquella historia por escrito, para que la leyese su señor el arzobispo; y ella lo prometió.

El grande silencio que todos los circunstantes habían tenido escuchando el extraño caso se rompió en dar alabanzas a Dios por sus grandes maravillas; y dando, desde el mayor hasta el más pequeño, el parabién a Isabela, a Ricaredo y a sus padres, los dejaron. Y ellos suplicaron al asistente honrase sus bodas, que de allí a ocho días pensaban hacerlas; holgó de hacerlo así el asistente. Y de allí a ocho días, acompañado de los más principales de la ciudad, se halló en ellas.

Por estos rodeos y por estas circunstancias los padres de Isabela cobraron su hija y restauraron su hacienda. Y ella, favorecida del cielo y ayudada de sus muchas virtudes, a despecho de tantos inconvenientes, halló marido tan principal como Ricaredo; en cuya compañía se piensa que aún hoy vive en las casas que alquilaron frontero de Santa Paula, que después las compraron de los herederos de un hidalgo burgalés que se llamaba Hernando de Cifuentes.

Esta novela nos podría enseñar cuánto puede la virtud y cuánto la hermosura, pues son bastantes juntas, y cada una de por sí, a enamorar aun hasta los mismos enemigos; y de cómo sabe el cielo sacar de las mayores adversidades nuestras nuestros mayores provechos.

La ilustre fregona

En Burgos, ciudad ilustre y famosa, no ha muchos años que en ella vivían dos caballeros principales y ricos: el uno se llamaba don Diego de Carriazo, y el otro, don Juan de Avendaño. El don Diego tuvo un hijo, a quien llamó de su mismo nombre; y el don Juan, otro, a quien puso don Tomás de Avendaño. A estos dos caballeros mozos, como quien han de ser las principales personas deste cuento, por excusar y ahorrar letras, les llamaremos con solos los nombres de Carriazo y Avendaño.

Trece años o poco más tendría Carriazo cuando, llevado de una inclinación picaresca, sin forzarle a ello algún mal tratamiento que sus padres le hiciesen, sólo por su gusto y antojo, se desgarró[1], como dicen los muchachos, de casa de sus padres y se fue por ese mundo adelante, tan contento de la vida libre, que, en la mitad de las incomodidades y miserias que trae consigo, no echaba menos la abundancia de la casa de su padre; ni el andar a pie le cansaba, ni el frío le ofendía, ni el calor le enfadaba. Para él to-

1. *se desgarró:* se marchó, huyó.

dos los tiempos del año le eran dulce y templada primavera; tan bien dormía en parvas[2] como en colchones; con tanto gusto se soterraba en un pajar de un mesón como si se acostara entre dos sábanas de holanda. Finalmente, él salió tan bien con el asumpto de pícaro, que pudiera leer cátedra en la facultad al famoso de Alfarache[3].

En tres años que tardó en parecer y volver a su casa, aprendió a jugar a la taba[4] en Madrid, y al rentoy[5] en las Ventillas de Toledo[6], y a presa y pinta[7] en pie en las barbacanas[8] de Sevilla; pero con serle anejo a este género de vida la miseria y estrecheza, mostraba Carriazo ser un príncipe en sus cosas: a tiro de escopeta, en mil señales, descubría ser bien nacido, porque era generoso y bien partido[9] con sus camaradas. Visitaba pocas veces las ermitas de Baco, y aunque bebía vino, era tan poco, que nunca pudo entrar en el número de los que llaman desgraciados, que con alguna cosa que beban demasiada, luego se les pone el rostro como si se le hubiesen jalbegado[10] con bermellón y almagre. En fin, en Carriazo vio el mundo un pícaro virtuoso, limpio, bien criado y más que medianamente discreto. Pasó por todos los grados de pícaro hasta que se graduó de

2. *parva:* «la mies tendida en la era para trillarla, u después de trillada, antes de separar el grano», *Auts.*
3. Alusión al pícaro *Guzmán de Alfarache* (1599, 1604).
4. *juego de taba:* «el que usa la gente vulgar, tirándola por alto al suelo hasta que quede en pie por los lados estrechos. Por la parte cóncava, que forma una S, al modo de aquella con que se notan los párrafos, y se llama carne, gana el que la tira; y por la otra, que se llama culo, pierde», *Auts.*
5. *rentoy:* juego de naipes.
6. En el camino de Toledo a Madrid.
7. *presa y pinta:* «juego de naipes, especie del que se llama del parar», *Auts.*
8. *barbacana:* «fortificación que se coloca delante de las murallas», *Auts.*
9. *partido:* «franco, liberal y que reparte con otros lo que tiene», *Auts.*
10. *jalbegado:* enjalbegado, afeitado, maquillado.

maestro en las almadrabas[11] de Zahara[12], donde es el *finibusterrae*[13] de la picaresca.

¡Oh pícaros de cocina[14], sucios, gordos y lucios[15], pobres fingidos, tullidos falsos, cicateruelos[16] de Zocodover y de la plaza de Madrid, vistosos[17] oracioneros, esportilleros de Sevilla[18], mandilejos[19] de la hampa, con toda la caterva inumerable que se encierra debajo deste nombre *pícaro!* Bajad el toldo[20], amainad el brío, no os llaméis pícaros si no habéis cursado dos cursos en la academia de la pesca de los atunes. ¡Allí, allí, que está en su centro el trabajo junto con la poltronería! Allí está la suciedad limpia, la gordura rolliza, la hambre prompta, la hartura abundante, sin disfraz el vicio, el juego siempre, las pendencias por momentos, las muertes por puntos, las pullas a cada paso, los bailes como en bodas, las seguidillas como en estampa, los romances con estribos, la poesía sin acciones[21]. Aquí se canta, allí se reniega, acullá se riñe, acá se juega, y por todo se hurta. Allí campea la libertad, y luce el trabajo. Allí van, o envían, muchos padres principales a buscar a sus hijos y

11. *almadraba:* lugar donde se pescan atunes.
12. Zahara de los Atunes, en la provincia de Cádiz.
13. *finisbusterrae:* el no va más.
14. *pícaros:* «se llaman en las cocinas aquellos mozos que se introducen a servir en los ministerios inferiores para que les den algo de lo que sobra por no tener asignación alguna de sueldo», *Auts.*
15. *lucios:* relucientes.
16. *cicatero:* «el ladrón que corta o hurta la bolsa, o saca el lienzo, caja de tabaco o dinero de las faltriqueras», *Auts.*
17. *vistosos:* con vista; pero rezan oraciones de ciego.
18. Rinconete y Cortadillo, al llegar a Sevilla, adoptan este oficio.
19. *mandil:* «en germanía vale criado de rufián o de mujer pública», *Auts.*
20. *toldo:* vanidad, engreimiento.
21. Rodríguez Marín indicó que debía decir *aciones* y no *acciones,* es decir, «la correa de la silla en que va puesto y pendiente el estribo», y así se crea un juego de palabras con los «estribos» o estribillos de los romances.

los hallan; y tanto sienten sacarlos de aquella vida como si los llevaran a dar la muerte.

Pero toda esta dulzura que he pintado tiene un amargo acíbar que la amarga, y es no poder dormir sueño seguro sin el temor de que en un instante los trasladan de Zahara a Berbería. Por esto las noches se recogen a unas torres de la marina, y tienen sus atajadores[22] y centinelas, en confianza de cuyos ojos cierran ellos los suyos; puesto que tal vez ha sucedido que centinelas y atajadores, pícaros, mayorales[23], barcos y redes, con toda la turbamulta que allí se ocupa, han anochecido en España y amanecido en Tetuán. Pero no fue parte este temor para que nuestro Carriazo dejase de acudir allí tres veranos a darse buen tiempo.

El último verano le dijo tan bien la suerte, que ganó a los naipes cerca de setecientos reales, con los cuales quiso vestirse y volverse a Burgos y a los ojos de su madre, que habían derramado por él muchas lágrimas. Despidióse de sus amigos, que los tenía muchos y muy buenos; prometióles que el verano siguiente sería con ellos, si enfermedad o muerte no lo estorbase. Dejó con ellos la mitad de su alma, y todos sus deseos entregó a aquellas secas arenas, que a él le parecían más frescas y verdes que los Campos Elíseos. Y por estar ya acostumbrado de caminar a pie, tomó el camino en la mano y sobre dos alpargates se llegó desde Zahara hasta Valladolid, cantando «Tres ánades, madre»[24]. Estúvose allí quince días para reformar la color

22. *atajador:* explorador.
23. *mayoral:* jefe, cabecilla.
24. *cantar de las tres ánades, madre:* «frase con que se explica que alguno va caminando alegremente y sin sentir el trabajo», *Auts.* Véase Margit Frenk, *Corpus de la antigua lírica popular hispánica,* p. 86, núm. 182 A: «Tres ánades, madre, / pasan por aquí: / mal penan a mí», con gran cantidad de testimonios.

del rostro, sacándola de mulata a flamenca, y para trastejarse[25] y sacarse del borrador de pícaro y ponerse en limpio de caballero.

Todo esto hizo según y como le dieron comodidad quinientos reales con que llegó a Valladolid; y aun dellos reservó ciento para alquilar una mula y un mozo, con que se presentó a sus padres honrado y contento. Ellos le recibieron con mucha alegría, y todos sus amigos y parientes vinieron a darles el parabién de la buena venida del señor don Diego de Carriazo, su hijo. Es de advertir que en su peregrinación don Diego mudó el nombre de Carriazo en el de Urdiales, y con este nombre se hizo llamar de los que el suyo no sabían. Entre los que vinieron a ver el recién llegado fueron don Juan de Avendaño y su hijo don Tomás, con quien Carriazo, por ser ambos de una misma edad y vecinos, trabó y confirmó una amistad estrechísima.

Contó Carriazo a sus padres y a todos mil magníficas y luengas mentiras de cosas que le habían sucedido en los tres años de su ausencia; pero nunca tocó, ni por pienso, en las almadrabas, puesto que en ellas tenía de continuo puesta la imaginación, especialmente cuando vio que se llegaba el tiempo donde había prometido a sus amigos la vuelta. Ni le entretenía la caza, en que su padre le ocupaba, ni los muchos, honestos y gustosos convites que en aquella ciudad se usan le daban gusto. Todo pasatiempo le cansaba, y a todos los mayores que se le ofrecían anteponía el que había recebido en las almadrabas.

Avendaño, su amigo, viéndole muchas veces melancólico e imaginativo, fiado en su amistad, se atrevió a preguntarle la causa, y se obligó a remediarla, si pudiese y fuese menester, con su sangre misma. No quiso Carriazo tenér-

25. *trastejarse:* aderezarse, recomponerse.

sela encubierta por no hacer agravio a la grande amistad que profesaban. Y así, le contó punto por punto la vida de la jábega[26] y cómo todas sus tristezas y pensamientos nacían del deseo que tenía de volver a ella; pintósela de modo que Avendaño, cuando le acabó de oír, antes alabó que vituperó su gusto.

En fin, el de la plática fue disponer Carriazo la voluntad de Avendaño, de manera que determinó de irse con él a gozar un verano de aquella felicísima vida que le había descrito; de lo cual quedó sobre modo contento Carriazo, por parecerle que había ganado un testigo de abono que calificase su baja determinación. Trazaron ansimismo de juntar todo el dinero que pudiesen; y el mejor modo que hallaron fue que de allí a dos meses había de ir Avendaño a Salamanca, donde por su gusto tres años había estado estudiando las lenguas griega y latina, y su padre quería que pasase adelante y estudiase la facultad que él quisiese; y que del dinero que le diese habría para lo que deseaban.

En este tiempo propuso Carriazo a su padre que tenía voluntad de irse con Avendaño a estudiar a Salamanca. Vino su padre con tanto gusto en ello, que hablando al de Avendaño, ordenaron de ponerles juntos casa en Salamanca, con todos los requisitos que pedían ser hijos suyos.

Llegóse el tiempo de la partida, proveyéronles de dineros y enviaron con ellos un ayo que los gobernase, que tenía más de hombre de bien que de discreto. Los padres dieron documentos a sus hijos de lo que habían de hacer y de cómo se habían de gobernar para salir aprovechados en la virtud y en las ciencias, que es el fruto que todo estudiante debe pretender sacar de sus trab[a]jos y vigilias,

26. *jábega:* «junta de pícaros o rufianes. El lugar donde se reunían sobre todo en las ciudades marítimas, semejante a la almadraba de Sevilla», A.H.

principalmente los bien nacidos. Mostráronse los hijos humildes y obedientes; lloraron las madres; recibieron la bendición de todos; pusiéronse en camino con mulas propias y con dos criados de casa, amén del ayo, que se había dejado crecer la barba porque diese autoridad a su cargo.

En llegando a la ciudad de Valladolid, dijeron al ayo que querían estarse en aquel lugar dos días para verle, porque nunca le habían visto ni estado en él. Reprehendiólos mucho el ayo, severa y ásperamente, la estada, diciéndoles que los que iban a estudiar con tanta priesa como ellos no se habían de detener una hora a mirar niñerías, cuanto más dos días, y que él formaría escrúpulo[27] si los dejaba detener un solo punto y que se partiesen luego, y si no, que sobre eso, morena[28].

Hasta aquí se extendía la habilidad del señor ayo, o mayordomo, como más nos diere gusto llamarle. Los mancebitos, que tenían ya hecho su agosto y su vendimia[29], pues habían robado cuatrocientos escudos de oro que llevaba su mayor, dijeron que sólo los dejase aquel día, en el cual querían ir a ver la fuente de Argales, que la comenzaban a conducir a la ciudad por grandes y espaciosos acueductos. En efeto, aunque con dolor de su ánima, les dio licencia, porque él quisiera excusar el gasto de aquella noche, y hacerle en Valdeastillas[30], y repartir las diez y ocho leguas

27. *escrúpulo*: duda que inquieta.
28. *sobre eso, morena: «sobre ello, morena*, frase que sirve para amenazar con alguna grave reprehensión u castigo», *Auts.* Como dice Sancho a la duquesa: «Verdad sea que la que yo vi fue una labradora, y por labradora la tuve, y por tal labradora la juzgué; y si aquélla era Dulcinea, no ha de estar a mi cuenta, ni ha de correr por mí, o sobre ello, morena», II, 33.
29. Obtiene una gran ganancia (hace su agosto y además recoge su vendimia).
30. Al sur de Valladolid.

que hay desde Valdeastillas a Salamanca en dos días, y no las veinte y dos que hay desde Valladolid; pero, como uno piensa el bayo, y otro el que le ensilla[31], todo le sucedió al revés de lo que él quisiera.

Los mancebos, con solo un criado y a caballo en dos muy buenas y caseras mulas, salieron a ver la fuente de Argales, famosa por su antigüedad y sus aguas, a despecho del Caño Dorado y de la reverenda Priora, con paz sea dicho de Leganitos y de la extremadísima fuente Castellana[32], en cuya competencia pueden callar Corpa y la Pizarra de la Mancha. Llegaron a Argales, y cuando creyó el criado que sacaba Avendaño de las bolsas del cojín alguna cosa con que beber, vio que sacó una carta cerrada, diciéndole que luego al punto volviese a la ciudad y se la diese a su ayo, y que, en dándosela, les esperase en la puerta del Campo.

Obedeció el criado, tomó la carta, volvióse a la ciudad, y ellos volvieron las riendas y aquella noche durmieron en Mojados[33], y de allí a dos días, en Madrid, y en otros cuatro se vendieron las mulas en pública plaza, y hubo quien les fiase por seis escudos de prometido[34] y aun quien les diese el dinero en oro por sus cabales[35]. Vistiéronse a lo payo[36] con capotillos de dos haldas, zahones o zaragüelles[37] y medias de paño pardo. Ropero hubo que por la mañana les compró sus vestidos y a la noche los había mu-

31. *uno piensa... ensilla:* «el dueño habíale vendido y ensillábale para entregársele, y él pensaba que sólo era para sacarle a pasear y volverle al pesebre regalado [...] El sobredicho proverbio se aplica cuando de un mesmo hecho hay dos pareceres diversos entre los que acaece», *Tesoro.*

32. Fuentes de Madrid.

33. Mojados, al sur de Valladolid.

34. *prometido:* «en las posturas o pujas, aquella talla que se pone de cuota y ha de pagar el que hace mejora», *Auts.*

35. *por sus cabales:* «hablando de cantidad, denota que lleva comprada una cosa por todo lo que vale rigurosamente», *Auts.*

36. *a lo payo:* a lo villano.

dado de manera que no los conociera la propia madre que los había parido.

Puestos, pues, a la ligera y del modo que Avendaño quiso y supo, se pusieron en camino de Toledo *ad pedem litterae*[38] y sin espadas; que también el ropero, aunque no atañía a su menester, se las había comprado.

Dejémoslos ir, por ahora, pues van contentos y alegres, y volvamos a contar lo que el ayo hizo cuando abrió la carta que el criado le llevó y halló que decía desta manera:

«Vuesa merced será servido, señor Pedro Alonso, de tener paciencia y dar la vuelta a Burgos, donde dirá a nuestros padres que, habiendo nosotros, sus hijos, con madura consideración, considerado cuán más propias son de los caballeros las armas que las letras, habemos determinado de trocar a Salamanca por Bruselas y a España por Flandes. Los cuatrocientos escudos llevamos; las mulas pensamos vender. Nuestra hidalga intención y el largo camino es bastante disculpa de nuestro yerro, aunque nadie le juzgará por tal si no es cobarde. Nuestra partida es ahora; la vuelta será cuando Dios fuere servido, el cual guarde a vuesa merced como puede y estos sus menores discípulos deseamos. De la fuente de Argales, puesto ya el pie en el estribo[39] para caminar a Flandes.

Carriazo y Avendaño.»

37. *capotillo de dos haldas o faldas:* «casaquilla hueca abierta por los costados hasta abajo, de forma que viene a quedar como en dos mitades por estar cerrada por delante, con su abertura para meterla por la cabeza», *Auts. Zahón:* «especie de calzón ancho», *Auts. Zaragüelles:* «especie de calzones que usaban antiguamente, anchos y follados en pliegues», *Auts.*
38. *ad pedem litterae:* al pie de la letra, a pie.
39. Alusión a las famosas coplas «Puesto ya el pie en el estribo, / con las ansias de la muerte, / señora, aquésta te escribo / pues partir no puedo vivo, / cuanto más volver a verte». Como es bien sabido, con su mención empieza Cervantes la dedicatoria del *Persiles* al conde de Lemos.

Quedó Pedro Alonso suspenso en leyendo la epístola y acudió presto a su valija, y el hallarla vacía le acabó de confirmar la verdad de la carta. Y luego al punto, en la mula que le había quedado, se partió a Burgos a dar las nuevas a sus amos con toda presteza, por que con ella pusiesen remedio y diesen traza de alcanzar a sus hijos. Pero destas cosas no dice nada el autor desta novela, porque así como dejó puesto a caballo a Pedro Alonso, volvió a contar de lo que les sucedió a Avendaño y a Carriazo a la entrada de Illescas, diciendo que, al entrar de la puerta de la villa, encontraron dos mozos de mulas, al parecer andaluces, en calzones de lienzo anchos, jubones acuchillados de anjeo[40], sus coletos[41] de ante, dagas de ganchos[42] y espadas sin tiros[43]. Al parecer, el uno venía de Sevilla, y el otro iba a ella. El que iba estaba diciendo al otro:

–Si no fueran mis amos tan adelante, todavía me detuviera algo más a preguntarte mil cosas que deseo saber; porque me has maravillado mucho con lo que has contado de que el conde ha ahorcado a Alonso Genís y a Ribera, sin querer otorgarles la apelación.

–¡Oh pecador de mí! –replicó el sevillano–. Armóles el conde zancadilla y cogiólos debajo de su jurisdición, que eran soldados, y por contrabando[44] se aprovechó dellos, sin que la Audiencia se los pudiese quitar. Sábete, amigo, que tiene un Bercebú en el cuerpo este conde de Puñonrostro,

40. *anjeo:* «lienzo de estopa o lino basto y grosero», *Auts.*
41. *coleto:* casaca o jubón de cuero.
42. Cuando las *dagas de gancho* hieren, no pueden salir sin cortar la carne.
43. *tiros:* «las correas de que cuelga la espada, por estar tirantes», *Auts.*
44. *Alonso Genís* y *Ribera:* Delincuentes ahorcados por don Pedro Carrillo de Mendoza, al que sucedió en el cargo de asistente de la Audiencia de Sevilla en 1597 el conde de Puñonrostro, don Francisco Arias de Bobadilla, al que Cervantes le atribuye el hecho. *Por contrabando,* por contravenir al bando (que les obligaba a no dejar la bandera).

que nos mete los dedos de su puño en el alma. Barrida está Sevilla y diez leguas a la redonda de jácaros[45]; no para ladrón en sus contornos. Todos le temen como al fuego, aunque ya se suena que dejará presto el cargo de asistente, porque no tiene condición para verse a cada paso en dimes ni diretes con los señores de la Audiencia.

–¡Vivan ellos mil años –dijo el que iba a Sevilla–, que son padres de los miserables y amparo de los desdichados! ¡Cuántos pobretes están mascando barro[46] no más de por la cólera de un juez absoluto, de un corregidor o mal informado o bien apasionado! Más ven muchos ojos que dos; no se apodera tan presto el veneno de la injusticia de muchos corazones como se apodera de uno solo.

–Predicador te has vuelto –dijo el de Sevilla–, y según llevas la retahíla, no acabarás tan presto, y yo no te puedo aguardar. Y esta noche no vayas a posar donde sueles, sino en la posada del Sevillano, porque verás en ella la más hermosa fregona que se sabe; Marinilla, la de la venta Tejada, es asco en su comparación; no te digo más sino que hay fama que el hijo del Corregidor bebe los vientos por ella. Uno desos mis amos que allá van jura que, al volver que vuelva al Andalucía, se ha de estar dos meses en Toledo y en la misma posada sólo por hartarse de mirarla. Ya le dejo yo en señal un pellizco y me llevo en contracambio un gran torniscón[47]. Es dura como un mármol y zahareña[48] como villano de Sayago y áspera como una ortiga; pero tiene una cara de pascua y un rostro de buen año: en una

45. *jácaros:* rufianes.
46. *mascando barro:* enterrados. «... antes que vuestra merced se muera estaré yo mascando barro, y entonces podrá ser que esté tan mudo que no hable palabra hasta la fin del mundo...», *Quijote*, II, 20.
47. *torniscón:* «golpe que se da en la cara con el revés de la mano», *Auts.*
48. *zahareña:* intratable, esquiva.

mejilla tiene el sol, y en la otra, la luna; la una es hecha de rosas, y la otra de claveles, y en entrambas hay también azucenas y jazmines. No te digo más sino que la veas, y verás que no te he dicho nada, según lo que te pudiera decir, acerca de su hermosura. En las dos mulas rucias que sabes que tengo mías la dotara de buena gana si me la quisieran dar por mujer; pero yo sé que no me la darán; que es joya para un arcipreste o para un conde. Y otra vez torno a decir que allá lo verás. Y adiós, que me mudo[49].

Con esto se despidieron los dos mozos de mulas, cuya plática y conversación dejó mudos a los dos amigos que escuchado la habían, especialmente Avendaño, en quien la simple relación que el mozo de mulas había hecho de la hermosura de la fregona despertó en él un intenso deseo de verla. También le despertó en Carriazo; pero no de manera que no desease más llegar a sus almadrabas que detenerse a ver las pirámides de Egipto, o otra de las siete maravillas, o todas juntas.

En repetir las palabras de los mozos y en remedar y contrahacer el modo y los ademanes con que las decían, entretuvieron el camino hasta Toledo. Y luego, siendo la guía Carriazo, que ya otra vez había estado en aquella ciudad, bajando por la Sangre de Cristo[50], dieron con la posada del Sevillano; pero no se atrevieron a pedirla allí, porque su traje no lo pedía.

Era ya anochecido, y aunque Carriazo importunaba a Avendaño que fuesen a otra parte a buscar posada, no le pudo quitar de la puerta de la del Sevillano, esperando si acaso parecía la tan celebrada fregona. Entrábase la noche, y la fregona no salía. Desesperábase Carriazo, y Avendaño

49. *me mudo:* me marcho.
50. El Arco de la Sangre de Cristo.

se estaba quedo; el cual, por salir con su intención, con excusa de preguntar por unos caballeros de Burgos que iban a la ciudad de Sevilla, se entró hasta el patio de la posada. Y apenas hubo entrado, cuando de una sala que en el patio estaba vio salir una moza, al parecer de quince años, poco más o menos, vestida como labradora, con una vela encendida en un candelero.

No puso Avendaño los ojos en el vestido y traje de la moza, sino en su rostro, que le parecía ver en él los que suelen pintar de los ángeles. Quedó suspenso y atónito de su hermosura, y no acertó a preguntarle nada, tal era su suspensión y embelesamiento. La moza, viendo aquel hombre delante de sí, le dijo:

–¿Qué busca, hermano? ¿Es por ventura criado de alguno de los huéspedes de casa?

–No soy criado de ninguno, sino vuestro –respondió Avendaño, todo lleno de turbación y sobresalto.

La moza, que de aquel modo se vio responder, dijo:

–Vaya, hermano, norabuena, que las que servimos no hemos menester criados.

Y llamando a su señor, le dijo:

–Mire, señor, lo que busca este mancebo.

Salió su amo y preguntóle qué buscaba. Él respondió que a unos caballeros de Burgos que iban a Sevilla, uno de los cuales era su señor; el cual le había enviado delante por Alcalá de Henares, donde había de hacer un negocio que les importaba, y que junto con esto le mandó que se viniese a Toledo y le esperase en la posada del Sevillano, donde vendría a apearse, y que pensaba que llegaría aquella noche, o otro día a más tardar. Tan buen color dio Avendaño a su mentira, que a la cuenta del huésped pasó por verdad, pues le dijo:

–Quédese, amigo, en la posada, que aquí podrá esperar a su señor hasta que venga.

–Muchas mercedes, señor huésped –respondió Avendaño–, y mande vuesa merced que se me dé un aposento para mí y un compañero que viene conmigo, que está allí fuera, que dineros traemos para pagarlo tan bien como otro.

–En buen hora –respondió el huésped.

Y volviéndose a la moza, dijo:

–Costancica, di a Argüello que lleve a estos galanes al aposento del rincón y que les eche sábanas limpias.

–Sí, haré, señor –respondió Costanza, que así se llamaba la doncella.

Y haciendo una reverencia a su amo, se les quitó delante, cuya ausencia fue para Avendaño lo que suele ser al caminante ponerse el sol y sobrevenir la noche lóbrega y escura. Con todo esto, salió a dar cuenta a Carriazo de lo que había visto y de lo que dejaba negociado; el cual por mil señales conoció cómo su amigo venía herido de la amorosa pestilencia; pero no le quiso decir nada por entonces, hasta ver si lo merecía la causa de quien nacían las extraordinarias alabanzas y grandes hipérboles con que la belleza de Costanza sobre los mismos cielos levantaba.

Entraron, en fin, en la posada; y la Argüello, que era una mujer de hasta cuarenta y cinco años, superintendente de las camas y aderezo de los aposentos, los llevó a uno que ni era de caballeros ni de criados, sino de gente que podía hacer medio entre los dos extremos. Pidieron de cenar. Respondióles Argüello que en aquella posada no daban de comer a nadie, puesto que guisaban y aderezaban lo que los huéspedes traían de fuera comprado; pero que bodegones y casas de estado[51] había cerca donde sin escrúpulo de conciencia podían ir a cenar lo que quisiesen.

51. *casas de estado:* tabernas, bodegones.

Tomaron los dos el consejo de Argüello y dieron con sus cuerpos en un bodego, donde Carriazo cenó lo que le dieron y Avendaño lo que con él llevaba, que fueron pensamientos e imaginaciones.

Lo poco o nada que Avendaño comía admiraba mucho a Carriazo. Por enterarse del todo de los pensamientos de su amigo, al volverse a la posada, le dijo:

–Conviene que mañana madruguemos, porque antes que entre la calor estemos ya en Orgaz.

–No estoy en eso –respondió Avendaño–, porque pienso, antes que desta ciudad me parta, ver lo que dicen que hay famoso en ella, como es el Sagrario, el artificio de Juanelo[52], las Vistillas de San Agustín, la Huerta del Rey y la Vega.

–Norabuena –respondió Carriazo–; eso en dos días se podrá ver.

–En verdad que lo he de tomar de espacio, que no vamos a Roma a alcanzar alguna vacante.

–¡Ta, ta![53] –replicó Carriazo–. A mí me maten, amigo, si no estáis vos con más deseo de quedaros en Toledo que de seguir nuestra comenzada romería.

–Así es la verdad –respondió Avendaño–; y tan imposible será apartarme de ver el rostro desta doncella como no es posible ir al cielo sin buenas obras.

–¡Gallardo encarecimiento –dijo Carriazo[54]– y determinación digna de un tan generoso pecho como el vuestro! ¡Bien cuadra un don Tomás de Avendaño, hijo de don Juan de

52. *artificio de Juanelo:* famosa noria fabricada por Juanelo Turriano (1501-1575), ingeniero de Cremona, a mediados del XVI. Hacía subir el agua del Tajo hasta el Alcázar.

53. Interjección que expresa que se ha dado cuenta de la intención de su amigo.

54. *Cartiazo* en 1613. Más adelante figura *Temás* en vez de *Tomás.*

Avendaño[55], caballero, lo que es bueno; rico, lo que basta; mozo, lo que alegra; discreto, lo que admira, con enamorado y perdido por una fregona que sirve en el mesón del Sevillano!

–Lo mismo me parece a mí que es –respondió Avendaño– considerar un don Diego de Carriazo, hijo del mismo, caballero del hábito de Alcántara el padre, y el hijo a pique de heredarle con su mayorazgo, no menos gentil en el cuerpo que en el ánimo, y con todos estos generosos atributos, verle enamorado, ¿de quién, si pensáis?, ¿de la reina Ginebra?[56]. No, por cierto, sino de la almadraba de Zahara, que es más fea, a lo que creo, que un miedo de santo Antón[57].

–¡Pata es la traviesa[58], amigo! –respondió Carriazo–. Por los filos que te herí me has muerto; quédese aquí nuestra pendencia, y vámonos a dormir, y amanecerá Dios, y medraremos.

–Mira, Carriazo; hasta ahora no has visto a Costanza. En viéndola, te doy licencia para que me digas todas las injurias o reprehensiones que quisieres.

–Ya sé yo en qué ha de parar esto –dijo Carriazo.

–¿En qué? –replicó Avendaño.

–En que yo me iré con mi almadraba, y tú te quedarás con tu fregona –dijo Carriazo.

–No seré yo tan venturoso –dijo Avendaño.

–Ni yo tan necio –respondió Carriazo– que por seguir tu mal gusto deje de conseguir el bueno mío.

En estas pláticas llegaron a la posada, y aún se les pasó en otras semejantes la mitad de la noche. Y habiendo dor-

55. *Anendaño* en dicha edición.

56. Lanzarote se enamoró apasionadamente de la reina Ginebra, esposa del rey Artús.

57. Las visiones –tentaciones– de San Antonio Abad en el desierto.

58. *pata es la traviesa:* «frase que se dice cuando alguno ha engañado a otro en alguna cosa, y él ha sido engañado en otra, que es lo mismo que decir que han quedado iguales», *Auts.*

mido, a su parecer, poco más de una hora, los despertó el son de muchas chirimías[59] que en la calle sonaban. Sentáronse en la cama y estuvieron atentos, y dijo Carriazo:

–Apostaré que es ya de día y que debe de hacerse alguna fiesta en un monasterio de Nuestra Señora del Carmen que está aquí cerca, y por eso tocan estas chirimías.

–No es eso –respondió Avendaño–, porque no ha tanto que dormimos que pueda ser ya de día.

Estando en esto, sintieron llamar a la puerta de su aposento. Y preguntando quién llamaba, respondieron de fuera diciendo:

–Mancebos, si queréis oír una brava música, levantaos y asomaos a una reja que sale a la calle, que está en aquella sala frontera, que no hay nadie en ella.

Levantáronse los dos y, cuando abrieron, no hallaron persona ni supieron quién les había dado el aviso; mas porque oyeron el son de una arpa, creyeron ser verdad la música, y así, en camisa como se hallaron, se fueron a la sala donde ya estaban otros tres o cuatro huéspedes puestos a las rejas. Hallaron lugar, y de allí a poco, al son de la arpa y de una vihuela, con maravillosa voz oyeron cantar ese soneto, que no se le pasó de la memoria a Avendaño:

> Raro, humilde sujeto, que levantas
> a tan excelsa cumbre la belleza,
> que en ella se excedió naturaleza
> a sí misma, y al cielo la adelantas;
>
> si hablas o si ríes o si cantas,
> si muestras mansedumbre o aspereza

59. *chirimía*: «instrumento músico de madera, encañonado a modo de trompeta», *Auts.*

(efeto sólo de tu gentileza),
las potencias[60] del alma nos encantas.

Para que pueda ser más conocida
la sin par hermosura que contienes
y la alta honestidad de que blasonas,

deja el servir, pues debes[61] ser servida
de cuantos ven sus manos y sus sienes
resplandecer por cetros y coronas.

No fue menester que nadie les dijese a los dos que aquella música se daba por Costanza, pues bien claro lo había descubierto el soneto, que sonó de tal manera en los oídos de Avendaño, que diera por bien empleado, por no haberle oído, haber nacido sordo y estarlo todos los días de la vida que le quedaba, a causa que desde aquel punto la comenzó a tener tan mala como quien se halló traspasado el corazón de la rigurosa lanza de los celos. Y era lo peor que no sabía de quién debía o podía tenerlos. Pero presto le sacó deste cuidado uno de los que a la reja estaban, diciendo:

–¡Que tan simple sea este hijo del Corregidor que se ande dando músicas a una fregona! Verdad es que ella es de las más hermosas muchachas que yo he visto, y he visto muchas; mas no por esto había de solicitarla con tanta publicidad.

A lo cual añadió otro de los de la reja:

–Pues, en verdad que he oído yo decir por cosa muy cierta que así hace ella cuenta dél como si no fuese nadie. Apostaré que se está ella agora durmiendo a sueño suelto

60. *potencias:* «por antonomasia se llaman las tres facultades del alma de conocer, querer y acordarse, que son entendimiento, voluntad y memoria».
61. *deuer* en 1613.

detrás de la cama de su ama, donde dicen que duerme, sin acordárse[l]e de músicas ni canciones.

–Así es la verdad –replicó el otro–, porque es la más honesta doncella que se sabe; y es maravilla que con estar en esta casa de tanto tráfago, y donde hay cada día gente nueva, y andar por todos los aposentos, no se sabe della el menor desmán del mundo.

Con esto que oyó Avendaño tornó a revivir y a cobrar aliento para poder escuchar otras muchas cosas, que al son de diversos instrumentos los músicos cantaron, todas encaminadas a Costanza; la cual, como dijo el huésped, se estaba durmiendo sin ningún cuidado.

Por venir el día, se fueron los músicos, despidiéndose con las chirimías. Avendaño y Carriazo se volvieron a su aposento, donde durmió el que pudo hasta la mañana. La cual venida, se levantaron los dos, entrambos con deseo de ver a Costanza; pero el deseo del uno era deseo curioso, y el del otro, deseo enamorado. Pero a entrambos se los cumplió Costanza saliendo de la sala de su amo tan hermosa, que a los dos les pareció que todas cuantas alabanzas le había dado el mozo de mulas eran cortas y de ningún encarecimiento.

Su vestido era una saya y corpiños[62] de paño verde, con unos ribetes del mismo paño. Los corpiños eran bajos; pero la camisa, alta, plegado el cuello, con un cabezón[63] labrado de seda negra, puesta una gargantilla de estrellas de azabache sobre un pedazo de una coluna de alabastro, que no era menos blanca su garganta. Ceñida con un cordón de san Francisco, y de una cinta pendiente, al

62. *corpiños:* «almilla o jubón sin mangas», *Auts.*
63. *cabezón:* «cierta lista o tira de lienzo que rodea el cuello y se prende con unos botones, a la cual está enlazada la camisa», *Auts.*

lado derecho, un gran manojo de llaves. No traía chinelas, sino zapatos de dos suelas, colorados, con unas calzas que no se le parecían[64] sino cuanto por un perfil mostraban también ser coloradas. Traía tranzados[65] los cabellos con unas cintas blancas de hiladillo; pero tan largo el tranzado, que por las espaldas le pasaba de la cintura; el color salía de castaño y tocaba en rubio; pero, al parecer, tan limpio, tan igual y tan peinado, que ninguno, aunque fuera de hebras de oro, se le pudiera comparar. Pendíanle de las orejas dos calabacillas de vidrio, que parecían perlas; los mismos cabellos le servían de garbín[66] y de tocas.

Cuando salió de la sala, se persignó y santiguó, y con mucha devoción y sosiego hizo una profunda reverencia a una imagen de Nuestra Señora que en una de las paredes del patio estaba colgada. Y alzando los ojos, vio a los dos que mirándola estaban; y apenas los hubo visto, cuando se retiró y volvió a entrar en la sala, desde la cual dio voces a Argüello que se levantase.

Resta ahora por decir qué es lo que le pareció a Carriazo de la hermosura de Costanza; que de lo que le pareció a Avendaño, ya está dicho, cuando la vio la vez primera. No digo más sino que a Carriazo le pareció tan bien como a su compañero, pero enamoróle mucho menos; y tan menos, que quisiera no anochecer en la posada, sino partirse luego para sus almadrabas.

En esto, a las voces de Costanza salió a los corredores la Argüello, con otras dos mocetonas, también criadas de casa, de quien se dice que eran gallegas; y el haber tantas lo requería la mucha gente que acude a la posada del Sevilla-

64. *parecían:* veían.
65. *tranzados:* trenzados.
66. *garbín:* «cofia hecha de red», *Auts.*

no, que es una de las mejores y más frecuentadas que hay en Toledo. Acudieron también los mozos de los huéspedes a pedir cebada. Salió el huésped de casa a dársela, maldiciendo a sus mozas, que por ellas se le había ido un mozo que la solía dar con muy buena cuenta y razón, sin que le hubiese hecho menos[67], a su parecer, un solo grano. Avendaño, que oyó esto, dijo:

–No se fatigue, señor huésped; déme el libro de la cuenta; que los días que hubiere de estar aquí, yo la tendré tan buena en dar la cebada y paja que pidieren, que no eche menos al mozo que dice que se le ha ido.

–En verdad que os lo agradezca, mancebo –respondió el huésped–, porque yo no puedo atender a esto, que tengo otras muchas cosas a que acudir fuera de casa. Bajad; daros he el libro, y mirad que estos mozos de mulas son el mismo diablo y hacen trampantojos[68] un celemín de cebada con menos conciencia que si fuese de paja.

Bajó al patio Avendaño y entregóse[69] en el libro, y comenzó a despachar celemines como agua y a asentarlos por tan buena orden, que el huésped, que lo estaba mirando, quedó contento; y tanto, que dijo:

–Pluguiese a Dios que vuestro amo no viniese y que a vos os diese gana de quedaros en casa, que a fe que otro gallo os cantase; porque el mozo que se me fue vino a mi casa, habrá ocho meses, roto y flaco, y ahora lleva dos pares de vestidos muy buenos y va gordo como una nutria. Porque quiero que sepáis, hijo, que en esta casa hay muchos provechos, amén de los salarios.

67. *hecho menos:* echado de menos.
68. *trampantojo:* «enredo u artificio para engañar o perjudicar a otro a ojos vistas, como quien dice trampa ante los ojos», *Auts.*
69. *entregóse:* encargóse.

–Si yo me quedase –replicó Avendaño–, no repararía mucho en la ganancia, que con cualquiera cosa me contentaría a trueco de estar en esta ciudad, que me dicen que es la mejor de España.

–A lo menos –respondió el huésped–, es de las mejores y más abundantes que hay en ella. Mas otra cosa nos falta ahora, que es buscar quien vaya por agua al río; que también se me fue otro mozo que con un asno que tengo famoso me tenía rebosando las tinajas y hecha un lago de agua la casa. Y una de las causas porque los mozos de mulas se huelgan de traer sus amos a mi posada es por la abundancia de agua que hallan siempre en ella; porque no llevan su ganado al río, sino dentro de casa beben las cabalgaduras en grandes barreños.

Todo esto estaba oyendo Carriazo; el cual, viendo que ya Avendaño estaba acomodado y con oficio en casa, no quiso él quedarse a buenas noches, y más que consideró el gran gusto que haría a Avendaño si le seguía el humor. Y así, dijo al huésped:

–Venga el asno, señor huésped; que tan bien sabré yo cinchalle y cargalle como sabe mi compañero asentar en el libro su mercancía.

–Sí –dijo Avendaño–, mi compañero Lope Asturiano servirá de traer agua como un príncipe, y yo le fío.

La Argüello, que estaba atenta desde el corredor a todas estas pláticas, oyendo decir a Avendaño que él fiaba a su compañero, dijo:

–Dígame, gentilhombre, ¿y quién le ha de fiar a él? Que en verdad que me parece que más necesidad tiene de ser fiado que de ser fiador.

–Calla, Argüello –dijo el huésped–; no te metas donde no te llaman. Yo los fío a entrambos, y por vida de vosotras que no tengáis dares ni tomares con los mozos de casa, que por vosotras se me van todos.

–Pues qué –dijo otra moza–, ¿ya se quedan en casa estos mancebos? Para mi santiguada[70] que si yo fuera camino con ellos, que nunca les fiara la bota.

–Déjese de chocarrerías, señora Gallega –respondió el huésped–, y haga su hacienda y no se entremeta con los mozos, que la moleré a palos.

–¡Por cierto sí! –replicó la Gallega–. ¡Mirad qué joyas para codiciallas! Pues en verdad que no me ha hallado el señor mi amo tan juguetona con los mozos de casa, ni de fuera, para tenerme en la mala piñón[71] que me tiene. Ellos son bellacos y se van cuando se les antoja, sin que nosotras les demos ocasión alguna. ¡Bonita gente es ella, por cierto, para tener necesidad de apetites[72] que les inciten a dar un madrugón[73] a sus amos cuando menos se percatan!

–Mucho habláis, Gallega hermana –respondió su amo–; punto en boca, y atended a lo que tenéis a vuestro cargo.

Ya en esto tenía Carriazo enjaezado el asno, y subiendo en él de un brinco, se encaminó al río, dejando a Avendaño muy alegre de haber visto su gallarda resolución.

He aquí tenemos ya –¡en buena hora se cuente!– a Avendaño hecho mozo del mesón, con nombre de Tomás Pedro, que así dijo que se llamaba, y a Carriazo, con el de Lope Asturiano, hecho aguador: transformaciones dignas de anteponerse a las del narigudo poeta[74].

70. A fe mía.
71. Barbarismo por *opinión*.
72. *apetites:* «sainete, salsa, gustillo para gustar y apetecer alguna cosa», *Auts.*
73. *dar un madrugón:* «dar esquinazo o abandonar a alguien de manera repentina, como cuando duerme, sin darle tiempo a darse cuenta enseguida de la fuga», A.H.
74. Publio Ovidio *Nasón,* autor de las *Metamorfosis.*

A malas penas acabó de entender la Argüello que los dos se quedaban en casa, cuando hizo designio sobre el Asturiano y le marcó por suyo, determinándose a regalarle de suerte que, aunque él fuese de condición esquiva y retirada, le volviese más blando que un guante. El mismo discurso hizo la Gallega melindrosa sobre Avendaño, y como las dos, por trato y conversación y por dormir juntas, fuesen grandes amigas, al punto declaró la una a la otra su determinación amorosa; y desde aquella noche determinaron de dar principio a la conquista de sus dos desapasionados amantes. Pero lo primero que advirtieron fue en que les habían de pedir que no las habían de pedir celos por cosas que las viesen hacer de sus personas, porque mal pueden regalar las mozas a los de dentro si no hacen tributarios a los de fuera de casa.

–Callad, hermanos –decían ellas, como si los tuvieran presentes y fueran ya sus verdaderos mancebos o amancebados–; callad y tapaos los ojos, y dejad tocar el pandero a quien sabe y que guíe la danza quien la entiende, y no habrá par de canónigos en esta ciudad más regalados que vosotros lo seréis destas tributarias vuestras.

Estas y otras razones desta sustancia y jaez dijeron la Gallega y la Argüello. Y en tanto, caminaba nuestro buen Lope Asturiano la vuelta del río, por la cuesta del Carmen, puestos los pensamientos en sus almadrabas y en la súbita mutación de su estado. O ya fuese por esto o porque la suerte así lo ordenase, en un paso estrecho, al bajar de la cuesta, encontró con un asno de un aguador, que subía cargado. Y como él descendía, y su asno era gallardo, bien dispuesto y poco trabajado, tal encuentro dio al cansado y flaco que subía, que dio con él en el suelo. Y por haberse quebrado los cántaros, se derramó también el agua, por cuya desgracia el aguador antiguo, despechado y lleno de cólera, arremetió al aguador moderno, que aún se estaba caballero; y antes que se desenvolviese y apease[75], le había pegado y asentado una docena de palos tales, que no le supieron bien al Asturiano.

Apeóse, en fin; pero con tan malas entrañas, que arremetió a su enemigo, y asiéndole con ambas manos por la garganta, dio con él en el suelo; y tal golpe dio con la cabeza sobre una piedra, que se la abrió por dos partes, saliendo tanta sangre que pensó que le había muerto.

Otros muchos aguadores que allí venían, como vieron a su compañero tan mal parado, arremetieron a Lope y tuviéronle asido fuertemente, gritando:

–¡Justicia, justicia! ¡Que este aguador ha muerto a un hombre!

Y a vuelta destas razones y gritos, le molían a mojicones[76] y a palos. Otros acudieron al caído y vieron que tenía hendida la cabeza y que casi estaba expirando. Subieron las voces de boca en boca por la cuesta arriba, y en la plaza del Carmen dieron en los oídos de un alguacil; el cual, con dos corchetes, con más ligereza que si volara, se puso en el lugar de la pendencia, a tiempo que ya el herido estaba atravesado sobre su asno, y el de Lope asido, y Lope rodeado de más de veinte aguadores que no le dejaban rodear[77], antes le brumaban[78] las costillas de manera que más se pudiera temer de su vida que de la del herido, según menudeaban sobre él los puños y las varas aquellos vengadores de la ajena injuria.

75. *apeado* en 1613.
76. *mojicón:* «el golpe dado en la cara con la mano, a puño cerrado, mojándola», *Auts.*
77. *no poderse rodear:* «frase que vale estar muy cargado de ocupaciones y negocios o estrechado de la gente u del sitio», *Auts.*
78. *brumaban:* molían a palos.

Llegó el alguacil, apartó la gente, entregó a sus corchetes al Asturiano, y antecogiendo[79] a su asno, y al herido sobre el suyo, dio con ellos en la cárcel, acompañado de tanta gente y de tantos muchachos que le seguían, que apenas podían hender[80] por las calles.

Al rumor de la gente, salió Tomás Pedro y su amo a la puerta de casa a ver de qué procedía tanta grita, y descubrieron a Lope entre los dos corchetes, lleno de sangre el rostro y la boca. Miró luego por su asno el huésped y viole en poder de otro corchete que ya se les había juntado. Preguntó la causa de aquellas prisiones; fuele respondida la verdad del suceso; pesóle por su asno, temiendo que le había [de perder] o a lo menos hacer más costas por cobrarle que él valía.

Tomás Pedro siguió a su compañero, sin que le dejasen llegar a hablarle una palabra, tanta era la gente que lo impedía y el recato[81] de los corchetes y del alguacil que le llevaba. Finalmente, no le dejó hasta verle poner en la cárcel, y en un calabozo con dos pares de grillos; y al herido, en la enfermería, donde se halló a verle curar; y vio que la herida era peligrosa, y mucho, y lo mismo dijo el cirujano.

El alguacil se llevó a su casa los dos asnos y más cinco reales de a ocho que los corchetes habían quitado a Lope.

Volvióse a la posada lleno de confusión y de tristeza. Halló al que ya tenía por amo con no menos pesadumbre que él traía, a quien dijo de la manera que quedaba su compañero y del peligro de muerte en que estaba el herido y del suceso de su asno. Díjole más: que a su desgracia se le había añadido otra de no menos fastidio, y era que un grande amigo de su señor le había encontrado en el cami-

79. *antecogiendo:* llevando por delante.
80. *podían hender:* podían abrirse paso.
81. *recato:* cautela, reserva.

no y le había dicho que su señor, por ir muy de priesa y ahorrar dos leguas de camino, desde Madrid había pasado por la barca de Aceca[82], y que aquella noche dormía en Orgaz, y que le había dado doce escudos que le diese, con orden de que se fuese a Sevilla, donde le esperaba.

–Pero no puede ser así –añadió Tomás–, pues no será razón que yo deje a mi amigo y camarada en la cárcel y en tanto peligro. Mi amo me podrá perdonar por ahora; cuanto más que él es tan bueno y honrado, que dará por bien cualquier falta que le hiciere, a trueco que no la haga a mi camarada. Vuesa merced, señor amo, me la haga de tomar este dinero y acudir a este negocio. Y en tanto que esto se gasta, yo escribiré a mi señor lo que pasa, y sé que me enviará dineros que basten a sacarnos de cualquier peligro.

Abrió los ojos de un palmo el huésped, alegre de ver que en parte iba saneando la pérdida de su asno. Tomó el dinero y consoló a Tomás, diciéndole que él tenía personas en Toledo de tal calidad que valían mucho con la justicia, especialmente una señora monja, parienta del Corregidor, que le mandaba con el pie; y que una lavandera del monasterio de la tal monja tenía una hija que era grandísima amiga de una hermana de un fraile muy familiar y conocido del confesor de la dicha monja, la cual lavandera lavaba la ropa en casa[83].

–Y como ésta pida a su hija, que sí pedirá, hable a la hermana del fraile que hable a su hermano que hable al confesor, y el confesor a la monja, y la monja guste de dar un billete (que será cosa fácil) para el Corregidor, donde le pida encarecidamente mire por el negocio de Tomás, sin duda

82. Cruzó el Tajo por Aceca, al este de Toledo.
83. Cadena de referencias que destila el humor agudo cervantino.

alguna se podrá esperar buen suceso. Y esto ha de ser con tal que el aguador no muera y con que no falte ungüento para untar a todos los ministros de la justicia; porque si no están untados, gruñen más que carretas de bueyes.

En gracia le cayó a Tomás los ofrecimientos del favor que su amo le había hecho y los infinitos y revueltos arcaduces[84] por donde le había derivado. Y aunque conoció que antes lo había dicho de socarrón que de inocente, con todo eso, le agradeció su buen ánimo y le entregó el dinero, con promesa que no faltaría mucho más, según él tenía la confianza en su señor, como ya le había dicho.

La Argüello, que vio atraillado[85] a su nuevo cuyo[86], acudió luego a la cárcel a llevarle de comer; mas no se le dejaron ver, de que ella volvió muy sentida y mal contenta; pero no por esto disistió de su buen propósito.

En resolución, dentro de quince días estuvo fuera de peligro el herido, y a los veinte declaró el cirujano que estaba del todo sano. Y ya en este tiempo había dado traza Tomás cómo le viniesen cincuenta escudos de Sevilla, y sacándolos él de su seno, se los entregó al huésped con cartas y cédula fingida de su amo; y como al huésped le iba poco en averiguar la verdad de aquella correspondencia, cogía el dinero, que por ser en escudos de oro le alegraba mucho.

Por seis ducados se apartó de la querella el herido; en diez y en el asno y las costas, sentenciaron al Asturiano. Salió de la cárcel; pero no quiso volver a estar con su compañero, dándole por disculpa que en los días que había estado preso le había visitado la Argüello y requerídole de amores, cosa para él de tanta molestia y enfado, que antes

84. *arcaduces:* vías, conductos.
85. *atraillado:* atado con cuerda, preso.
86. *cuyo:* «marido o amante en el caso de los rufianes y de las prostitutas que los mantienen», A.H.

se dejara ahorcar que corresponder con el deseo de tan mala hembra. Que lo que pensaba hacer era –ya que él estaba determinado de seguir y pasar adelante con su propósito– comprar un asno y usar el oficio de aguador en tanto que estuviesen en Toledo; que con aquella cubierta no sería juzgado ni preso por vagamundo, y que con sola una carga de agua se podía andar todo el día por la ciudad a sus anchuras, mirando bobas.

–Antes mirarás hermosas que bobas en esta ciudad, que tiene fama de tener las más discretas mujeres de España, y que andan a una su discreción con su hermosura; y si no, míralo por Costancica, de cuyas sobras de belleza puede enriquecer no sólo a las hermosas desta ciudad, sino a las de todo el mundo.

–Paso, señor Tomás –replicó Lope–; vámonos poquito a poquito en esto de las alabanzas de la señora fregona, si no quiere que, como le tengo por loco, le tenga por hereje.

–¿Fregona has llamado a Costanza, hermano Lope? –respondió Tomás–. Dios te lo perdone y te traiga a verdadero conocimiento de tu yerro.

–Pues ¿no es fregona? –replicó el Asturiano.

–Hasta ahora le tengo por ver fregar el primer plato.

–No importa –dijo Lope– no haberle visto fregar el primer plato, si le has visto fregar el segundo, y aun el centésimo.

–Yo te digo, hermano –replicó Tomás–, que ella no friega ni entiende en otra cosa que en su labor y en ser guarda de la plata labrada que hay en casa, que es mucha.

–Pues ¿cómo la llaman por toda la ciudad –dijo Lope– *la fregona ilustre,* si es que no friega? Mas sin duda debe de ser que, como friega plata y no loza, la dan nombre de ilustre. Pero, dejando esto aparte, dime, Tomás: ¿en qué estado están tus esperanzas?

–En el de perdición –respondió Tomás–; porque, en todos estos días que has estado preso, nunca la he podido hablar una palabra; y a muchas que los huéspedes le dicen, con ninguna otra cosa responde que con bajar los ojos y no desplegar los labios: tal es su honestidad y su recato, que no menos enamora con su recogimiento que con su hermosura. Lo que me trae alcanzado de paciencia es saber que el hijo del Corregidor, que es mozo brioso y algo atrevido, muere por ella y la solicita con músicas; que pocas noches se pasan sin dársela, y tan al descubierto, que en lo que cantan la nombran, la alaban y la solenizan. Pero ella no las oye; ni desde que anochece hasta la mañana no sale del aposento de su ama, escudo que no deja que me pase el corazón la dura saeta de los celos.

–Pues ¿qué piensas hacer con el imposible que se te ofrece en la conquista desta Porcia, desta Minerva y desta nueva Penélope[87], que en figura de doncella y de fregona te enamora, te acobarda y te desvanece?

–Haz la burla que de mí quisieres, amigo Lope, que yo sé que estoy enamorado del más hermoso rostro que pudo formar naturaleza y de la más incomparable honestidad que ahora se puede usar en el mundo. Costanza se llama, y no Porcia, Minerva o Penélope. En un mesón sirve, que no lo puedo negar; pero ¿qué puedo yo hacer, si me parece que el destino con oculta fuerza me inclina, y la elección con claro discurso me mueve a que la adore?

»Mira, amigo: no sé cómo te diga –prosiguió Tomás– de la manera con que amor el bajo sujeto desta fregona, que tú llamas, me le encumbra y levanta tan alto que, viéndole, no le

87. *Porcia,* esposa de Bruto, asesino de César; cuando su marido muere en la batalla de Filipos, se suicida. *Minerva* es la diosa de la sabiduría. *Penélope* es el prototipo de fidelidad, esperó a su esposo Ulises los veinte años de su ausencia.

vea y, conociéndole, le desconozca. No es posible que, aunque lo procuro, pueda un breve término contemplar, si así se puede decir, en la bajeza de su estado, porque luego acuden a borrarme este pensamiento su belleza, su donaire, su sosiego, su honestidad y recogimiento, y me dan a entender que, debajo de aquella rústica corteza, debe de estar encerrada y escondida alguna mina de gran valor y de merecimiento grande[88]. Finalmente, sea lo que se fuere, yo la quiero bien, y no con aquel amor vulgar con que a otras he querido; sino con amor tan limpio, que no se extiende a más que a servir y a procurar que ella me quiera, pagándome con honesta voluntad lo que a la mía, también honesta, se debe.

A este punto dio una gran voz el Asturiano y, como exclamando, dijo:

–¡Oh amor platónico! ¡Oh fregona ilustre! ¡Oh felicísimos tiempos los nuestros, donde vemos que la belleza enamora sin malicia, la honestidad enciende sin que abrase, el donaire da gusto sin que incite, y la bajeza del estado humilde obliga y fuerza a que le suban sobre la rueda de la que llaman Fortuna! ¡Oh pobres atunes míos, que os pasáis este año sin ser visitados deste tan enamorado y aficionado vuestro! Pero el que viene yo haré la enmienda de manera que no se quejen de mí los mayorales de las mis deseadas almadrabas.

A esto dijo Tomás:

–Ya veo, Asturiano, cuán al descubierto te burlas de mí. Lo que podías hacer es irte norabuena a tu pesquería, que yo me quedaré en mi caza, y aquí me hallarás a la vuelta. Si quisieres llevarte contigo el dinero que te toca, luego te lo daré, y ve en paz, y cada uno siga la senda por donde su destino le guiare.

88. Anticipo de anagnórisis.

–Por más discreto te tenía –replicó Lope–. ¿Y tú no ves que lo que digo es burlando? Pero ya que sé que tú hablas de veras, de veras te serviré en todo aquello que fuere de tu gusto. Una cosa sola te pido, en recompensa de las muchas que pienso hacer en tu servicio, y es que no me pongas en ocasión de que la Argüello me requiebre ni solicite, porque antes romperé con tu amistad que ponerme a peligro de tener la suya. Vive Dios, amigo, que habla más que un relator[89] y que le huele el aliento a rasuras[90] desde una legua; todos los dientes de arriba son postizos, y tengo para mí que los cabellos son cabellera[91]; y para adobar y suplir estas faltas, después que me descubrió su mal pensamiento, ha dado en afeitarse con albayalde, y así se jalbega[92] el rostro, que no parece sino mascarón de yeso puro.

–Todo eso es verdad –replicó Tomás–, y no es tan mala la Gallega que a mí me martiriza. Lo que se podrá hacer es que esta noche sola estés en la posada, y mañana comprarás el asno que dices y buscarás dónde estar; y ansí, huirás los encuentros de Argüello, [y yo quedaré][93] sujeto a los de la Gallega y a los irreparables de los rayos de la vista de mi Costanza.

En esto se convinieron los dos amigos y se fueron a la posada, adonde de la Argüello fue con muestras de mucho amor recebido el Asturiano. Aquella noche hubo un baile a la puerta de la posada, de muchos mozos de mulas que en ella y en las convecinas había. El que tocó la guitarra fue el Asturiano; las bailadoras, amén de las dos gallegas y de

89. *relator:* «la persona aprobada y diputada en cada tribunal para hacer relación de las causas o pleitos», *Auts.*
90. *a rasuras:* a heces de vino.
91. *cabellera:* cabello postizo.
92. Véase nota 10.
93. Se añade en la edición de 1614.

la Argüello, fueron otras tres mozas de otra posada. Juntáronse muchos embozados, con más deseo de ver a Costanza que el baile; pero ella no pareció ni salió a verle, con que dejó burlados muchos deseos.

De tal manera tocaba la guitarra Lope, que decían que la hacía hablar. Pidiéronle las mozas, y con más ahínco la Argüello, que cantase algún romance. Él dijo que como ellas le bailasen al modo como se canta y baila en las comedias, que le cantaría; y que para que no lo errasen, que hiciesen todo aquello que él dijese cantando, y no otra cosa.

Había entre los mozos de mulas bailarines, y entre las mozas, ni más ni menos. Mondó[94] el pecho Lope, escupiendo dos veces, en el cual tiempo pensó lo que diría, y como era de presto, fácil y lindo ingenio, con una felicísima corriente, de improviso comenzó a cantar desta manera:

Salga la hermosa Argüello,
moza una vez y no más,
y haciendo una reverencia,
dé dos pasos hacia [a]trás.

De la mano la arrebate
el que llaman Barrabás,
andaluz mozo de mulas,
canónigo del Compás[95].

De las dos mozas gallegas
que en esta posada están,
salga la más carigorda
en cuerpo y sin devantal.

94. *mondó:* limpió.
95. Don Quijote cita también este lugar de Sevilla, ante la casa pública, entre los frecuentados por pícaros (I, 3).

Engarráfela[96] Torote,
y todos cuatro a la par
con mudanzas y meneos
den principio a un contrapás.

Todo lo que iba cantando el Asturiano hicieron al pie de la letra ellos y ellas. Mas, cuando llegó a decir que diesen principio a un contrapás, respondió Barrabás, que así le llamaban por mal nombre al bailarín mozo de mulas:

–Hermano músico, mire lo que canta y no moteje a naide de mal vestido, porque aquí no hay naide con trapos, y cada uno se viste como Dios le ayuda.

El huésped, que oyó la ignorancia del mozo, le dijo:

–Hermano mozo, contrapás es un baile extranjero, y no motejo de mal vestidos.

–Si eso es –replicó el mozo–, no hay para qué nos metan en dibujos; toquen sus zarabandas, chaconas y folías al uso, y escudillen[97] como quisieren, que aquí hay presonas[98] que les sabrán llenar las medidas hasta el gollete[99].

El Asturiano, sin replicar palabra, prosiguió su canto, diciendo:

Entren, pues, todas las ninfas
y los ninfos que han de entrar,
que el baile de la chacona
es más ancho que la mar.

96. *engarráfela:* agárrela.
97. *escudillar:* «mandar, tener mano, disponer y manejar a su gusto y arbitrio las cosas, como si fuese dueño de todo», *Auts.*
98. Mantengo la metátesis vulgar por *personas* (el *mozo* podría decirlo), pero puede ser una errata.
99. *gollete:* garganta.

Requieran las castañetas
y bájense a refregar
las manos por esa arena
o tierra del muladar.

Todos lo han hecho muy bien,
no tengo que les rectar[100];
santígüense y den al diablo
dos higas[101] de su higueral.

Escupan al hideputa
por que nos deje holgar,
puesto que de la chacona
nunca se suele apartar.

Cambio el son, divina Argüello,
más bella que un hospital;
pues eres mi nueva musa,
tu favor me quieras dar.

El baile de la chacona
encierra la vida bona.

Hállase allí el ejercicio
que la salud acomoda,
sacudiendo de los miembros
a la pereza poltrona.

Bulle la risa en el pecho
de quien baila y de quien toca,

100. *rectar:* rectificar.
101. *higa:* «la acción que se hace con la mano cerrando el puño, mostrando el dedo pulgar por entre el dedo índice y el de en medio», *Auts.*

del que mira y del que escucha
baile y música sonora.

Vierten azogue los pies,
derrítese la persona,
y con gusto de sus dueños
las mulillas[102] se descorchan.

El brío y la ligereza
en los viejos se remoza,
y en los mancebos se ensalza,
y sobre modo se entona

que el baile de la chacona
encierra la vida bona.

¡Qué de veces ha intentado
aquesta noble señora,
con la alegre zarabanda,
el pésame y perra mora[103],

entrarse por los resquicios
de las casas religiosas

102. *mulillas:* «especie de calzado llamado así de los muleos o muleolos, que entre los antiguos romanos eran calzados de color rojo, en forma de una S, puntiagudos y vuelta la punta hacia el empeine, y por el talón subían hasta la mitad de la pierna como las medias botas», *Auts.*

103. Dos bailes. El *pésame dello* también se menciona en *El celoso extremeño,* nota 66. Cotarelo señala su presencia como *Dello-me-pesa* en el entremés *La cueva de Salamanca* (y en *El rufián viudo:* «mil pésame dello»). Quiñones de Benavente en su entremés *Don Gaiferos* alude al cantar de la *perra-mora* (Cotarelo y Mori, *Colección de entremeses, loas, bailes, jácaras y mojigangas,* 1911, I, p. CCLVII). Véase el núm. 1536 del *Corpus de la antigua lírica popular hispánica* de Margit Frenk: «Di perra mora, / di, matadora, / ¿por qué me matas / y, siendo tuyo, / tan mal me tratas?».

a inquietar la honestidad
que en las santas celdas mora!

¡Cuántas fue vituperada
de los mismos que la adoran!
Porque imagina el lascivo,
y al que es necio se le antoja

que el baile de la chacona
encierra la vida bona.

Esta indiana amulatada[104],
de quien la fama pregona
que ha hecho más sacrilegios
e insultos que hizo Aroba;

ésta, a quien es tributaria
la turba de las fregonas,
la caterva de los pajes
y de lacayos las tropas,

dice, jura y no revienta,
que, a pesar de la persona
del soberbio zambapalo[105],
ella es la flor de la olla,

y que sola la chacona
encierra la vida bona.

104. La chacona, que venía de las Indias.
105. *zambapalo:* baile también traído de las Indias. Cervantes lo cita al final de *La cueva de Salamanca* y del *Rufián viudo.*

En tanto que Lope cantaba, se hacían rajas bailando la turbamulta de los mulantes[106] y fregatrices del baile, que llegaban a doce. Y en tanto que Lope se acomodaba a pasar adelante cantando otras cosas de más tomo, sustancia y consideración de las cantadas, uno de los muchos embozados que el baile miraban dijo sin quitarse el embozo:

–¡Calla, borracho! ¡Calla, cuero! ¡Calla, odrina[107], poeta de viejo, músico falso!

Tras esto, acudieron otros diciéndole tantas injurias y muecas, que Lope tuvo por bien de callar; pero los mozos de mulas lo tuvieron tan mal, que si no fuera por el huésped, que con buenas razones los sosegó, allí fuera la de Mazagatos[108]; y aun con todo eso, no dejaran de menear las manos si a aquel instante no llegara la justicia y los hiciera recoger a todos.

Apenas se habían retirado, cuando llegó a los oídos de todos los que en el barrio despiertos estaban una voz de un hombre que, sentado sobre una piedra, frontero de la posada del Sevillano, cantaba con tan maravillosa y suave armonía, que los dejó suspensos y les obligó a que le escuchasen hasta el fin. Pero el que más atento estuvo fue Tomás Pedro, como aquel a quien más le tocaba, no sólo el oír la música, sino entender la letra, que para él no fue oír canciones, sino cartas de excomunión que le acongojaban el alma; porque lo que el músico cantó fue este romance:

¿Dónde estás, que no pareces,
esfera[109] de la hermosura,
belleza a la vida humana

106. *mulantes:* muleros o mozos de mulas.
107. *odrina:* odre, cuero de vino.
108. *la de Mazagatos:* «gresca, batalla, quistión de peligro», Correas, *Vocabulario.*
109. El romance en alabanza de Costanza la convierte en centro del universo.

de divina compostura?
Cielo impíreo[110], donde amor
tiene su estancia segura;
primer moble[111], que arrebata
tras sí todas las venturas;
lugar cristalino, donde
transparentes aguas puras
enfrían de amor las llamas,
las acrecientan y apuran;
nuevo hermoso firmamento,
donde dos estrellas juntas,
sin tomar la luz prestada,
al cielo y al suelo alumbran;
alegría que se opone
a las tristezas confusas
del padre que da a sus hijos
en su vientre sepultura[112];
humildad que se resiste
de la alteza con que encumbran
el gran Jove, a quien influye
su benignidad, que es mucha;
red invisible y sutil,
que pone en prisiones duras
al adúltero guerrero
que de las batallas triunfa[113];
cuarto cielo y sol segundo,
que el primero deja a escuras

110. Donde Dios residía.
111. *primum mobile,* primer motor.
112. La esfera de Saturno, que devoró a sus hijos.
113. Marte, el dios de la guerra, aprisionado por la red de Vulcano junto a la esposa de éste, la diosa Venus.

cuando acaso deja verse[114];
que el verle es caso y ventura;
grave embajador[115], que hablas
con tan extraña cordura,
que persuades callando
aún más de lo que procuras;
del segundo cielo tienes
no más que la hermosura,
y del primero, no más
que el resplandor de la luna.
Esta esfera sois, Costanza,
puesta, por corta fortuna,
en lugar que, por indigno,
vuestras venturas deslumbra.
Fabricad vos vuestra suerte
consintiendo se reduzga
la entereza a trato al uso,
la esquividad a blandura.
Con esto veréis, señora,
que envidian vuestra fortuna
las soberbias por linaje,
las grandes por hermosura.
Si queréis ahorrar camino,
la más rica y la más pura
voluntad en mí os ofrezco
que vio amor en alma alguna.

El acabar estos últimos versos y el llegar volando dos medios ladrillos fue todo uno; que si, como dieron junto a los

114. La esfera de Apolo, el sol.
115. Mercurio es el mensajero de los dioses. Su cautivadora palabra acabó con la vigilancia y la vida de Argos.

pies del músico, le dieran en mitad de la cabeza, con facilidad le sacaran de los cascos la música y la poesía. Asombróse el pobre y dio a correr por aquella cuesta arriba con tanta priesa que no le alcanzara un galgo. ¡Infelice estado de los músicos, murciégalos[116] y lechuzos, siempre sujetos a semejantes lluvias y desmanes! A todos los que escuchado habían la voz del apedreado les pareció bien; pero a quien mejor fue a Tomás Pedro, que admiró la voz y el romance; mas quisiera él que de otra que Costanza naciera la ocasión de tantas músicas, puesto que a sus oídos jamás llegó ninguna.

Contrario deste parecer fue Barrabás, el mozo de mulas, que también estuvo atento a la música; porque así como vio huir al músico, dijo:

–¡Allá irás, mentecato, trovador de Judas, que pulgas te coman los ojos! ¿Y quién diablos te enseñó a cantar a una fregona cosas de esferas y de cielos, llamándola lunes y martes, y de ruedas de fortuna? Dijérasla –¡noramala para ti y para quien le hubiere parecido bien tu trova!– que es tiesa como un espárrago, entonada como un plumaje, blanca como una leche, honesta como un fraile novicio, melindrosa y zahareña como una mula de alquiler y más dura que un pedazo de argamasa[117]; que como esto le dijeras, ella lo entendiera y se holgara; pero llamarla embajador y red y moble y alteza y bajeza, más es para decirlo a un niño de la dotrina[118] que a una fregona. Verdaderamente que hay poetas en el mundo que escriben trovas

116. *murciégalos:* forma habitual de *murciélago;* ambas las registra *Auts.*
117. Comparaciones populares que ensalzan la belleza de la muchacha y que, al romper la convención literaria –que a ella no le corresponde–, suenan a burlas.
118. *niño de la doctrina:* «muchachos huérfanos que se recogen en algún Colegio con el fin de enseñarlos y criarlos hasta que están en estado de ponerlos a oficio», *Auts.*

que no hay diablo que las entienda. Yo, a lo menos, aunque soy Barrabás, estas que ha cantado este músico de ninguna manera las entrevo[119]. ¡Miren qué hará Costancica! Pero ella lo hace mejor; que se está en su cama haciendo burla del mismo Preste Juan de las Indias[120]. Este músico, a lo menos, no es de los del hijo del Corregidor; que aquéllos son muchos, y una vez que otra se dejan entender; pero éste, ¡voto a tal que me deja mohíno!

Todos los que escucharon a Barrabás recibieron gran gusto y tuvieron su censura y parecer por muy acertado.

Con esto, se acostaron todos; y apenas estaba sosegada la gente, cuando sintió Lope que llamaban a la puerta de su aposento muy paso. Y preguntando quién llamaba, fuele respondido con voz baja:

–La Argüello y la Gallega somos. Ábrannos, que mos[121] morimos de frío.

–Pues, en verdad –respondió Lope– que estamos en la mitad de los caniculares.

–Déjate de gracias, Lope –replicó la Gallega–. Levántate y abre, que venimos hechas unas archiduquesas.

–¿Archiduquesas y a tal hora? –respondió Lope–. No creo en ellas, antes entiendo que sois brujas o unas grandísimas bellacas. Idos de ahí luego; si no, por vida de..., hago juramento que si me levanto, que con los hierros de mi pretina[122] os tengo de poner las posaderas como unas amapolas.

Ellas, que se vieron responder tan acerbamente y tan fuera de aquello que primero se imaginaron, temieron la

119. *entrevo:* entiendo (germanía), como en *Rinconete y Cortadillo.*
120. Personaje legendario. Lo mencionan también el canónigo, en el capítulo XLVII de la primera parte del *Quijote,* y Loaysa, en *El celoso extremeño.*
121. *mos:* nos.
122. *pretina:* «cierta especie de correa, con sus hierros para acortarla o alargarla», *Auts.* Se ataba a la cintura.

furia del Asturiano; y defraudadas sus esperanzas y borrados sus designios, se volvieron tristes y malaventuradas a sus lechos. Aunque, antes de apartarse de la puerta, dijo la Argüello, poniendo los hocicos por el agujero de la llave:

–No es la miel para la boca del asno.

Y con esto, como si hubiera dicho una gran sentencia y tomado una justa venganza, se volvió, como se ha dicho, a su triste cama.

Lope, que sintió que se habían vuelto, dijo a Tomás Pedro, que estaba despierto:

–Mirad, Tomás: ponedme vos a pelear con dos gigantes y en ocasión que me sea forzoso desquijarar[123] por vuestro servicio media docena o una de leones, que yo lo haré con más facilidad que beber una taza de vino; pero que me pongáis en necesidad que me tome a brazo partido con la Argüello, no lo consentiré si me asaetean. ¡Mirad qué doncellas de Dinamarca[124] nos había ofrecido la suerte esta noche! Ahora bien, amanecerá Dios, y medraremos[125].

–Ya te he dicho, amigo –respondió Tomás–, que puedes hacer tu gusto, o ya irte a tu romería o ya en comprar el asno y hacerte aguador, como tienes determinado.

–En lo de ser aguador me afirmo –respondió Lope–. Y durmamos lo poco que queda hasta venir el día, que tengo esta cabeza mayor que una cuba y no estoy para ponerme ahora a departir contigo.

Durmiéronse. Vino el día, levantáronse, y acudió Tomás a dar cebada, y Lope se fue al mercado de las bestias, que es allí junto, a comprar un asno que fuese tal como bueno.

123. *desquijarar:* «rasgar la boca del animal dislocando las quijadas», *Auts.*
124. La doncella de Dinamarca es la mensajera de Oriana en sus amores con Amadís de Gaula.
125. Lo mismo dijo Carriazo tras los reproches de Avendaño por su afición a las almadrabas respondiendo a los suyos por la que tenía por una fregona.

Sucedió, pues, que Tomás, llevado de sus pensamientos y de la comodidad que le daba la soledad de las siestas, había compuesto en algunas unos versos amorosos y escrítolos en el mismo libro do tenía la cuenta de la cebada, con intención de sacarlos aparte en limpio y romper o borrar aquellas hojas. Pero antes que esto hiciese, estando él fuera de casa y habiéndose dejado el libro sobre el cajón de la cebada, le tomó su amo; y abriéndole para ver cómo estaba la cuenta, dio con los versos, que leídos le turbaron y sobresaltaron.

Fuese con ellos a su mujer y, antes que se los leyese, llamó a Costanza, y con grandes encarecimientos, mezclados con amenazas, le dijo le dijese si Tomás Pedro, el mozo de la cebada, le había dicho algún requiebro o alguna palabra descompuesta o que diese indicio de tenerla afición. Costanza juró que la primera palabra, en aquella o en otra materia alguna, estaba aún por hablarla, y que jamás, ni aun con los ojos, le había dado muestras de pensamiento malo alguno.

Creyéronla sus amos por estar acostumbrados a oírla siempre decir verdad en todo cuanto le preguntaban. Dijéronla que se fuese de allí, y el huésped dijo a su mujer:

–No sé qué me diga desto. Habréis de saber, señora, que Tomás tiene escritas en este libro de la cebada unas coplas que me ponen mala espina que está enamorado de Costancica.

–Veamos las coplas –respondió la mujer–; que yo os diré lo que en eso debe de haber.

–Así será, sin duda alguna –replicó su marido–; que como sois poeta, luego daréis en su sentido.

–No soy poeta –respondió la mujer–; pero ya sabéis vos que tengo buen entendimiento y que sé rezar en latín las cuatro oraciones[126].

126. El padrenuestro, el avemaría, el credo y la salve.

–Mejor haríades de rezallas en romance; que ya os dijo vuestro tío el clérigo que decíades mil gazafatones[127] cuando rezábades en latín y que no rezábades nada.

–Esa flecha, de la aljaba[128] de su sobrina ha salido, que está envidiosa de verme tomar las Horas[129] de latín en la mano y irme por ellas como por viña vendimiada[130].

–Sea como vos quisiéredes –respondió el huésped[131]–. Estad atenta, que las coplas son éstas:

¿Quién de amor venturas halla?
  El que calla.
¿Quién triunfa de su aspereza?
  La firmeza.
¿Quén da alcance a su alegría?
  La porfía.
  Dese modo, bien podría
esperar dichosa palma
si en esta empresa mi alma
calla, está firme y porfía.

¿Con quién se sustenta amor?
  Con favor.
¿Y con qué mengua su furia?
  Con la injuria.
¿Antes con desdenes crece?
  Desfallece.

127. *gazafatón:* «disparate, bobería sin pies ni cabeza», *Auts.*
128. *ahijada* en 1613. *Aljaba:* «al que dice alguna cosa que propiamente es suya, advertimos ser de su aljaba, conviene a saber, de su ingenio», *Tesoro.*
129. *Horas:* el libro de Horas.
130. *por viña vendimiada:* «fácilmente, sin reparo ni estorbo», *Auts.*
131. *huésped* tenía el doble sentido del que hospeda –como aquí– y el hospedado.

Claro en esto se parece
que mi amor será inmortal,
pues la causa de mi mal
ni injuria ni favorece.

Quien desespera, ¿qué espera?
Muerte entera.
Pues ¿qué muerte el mal remedia?
La que es media.
Luego ¿bien será morir?
Mejor sufrir.
Porque se suele decir
–y esta verdad se reciba–
que tras la tormenta esquiva
suele la calma venir.

¿Descubriré mi pasión?
En ocasión.
¿Y si jamás se me da?
Sí hará.
Llegará la muerte en tanto.
Llegue a tanto
tu limpia fe y esperanza,
que, en sabiéndolo Costanza,
convierta en risa tu llanto.

–¿Hay más? –dijo la huéspeda.

–No –respondió el marido–; pero ¿qué os parece destos versos?

–Lo primero –dijo ella– es menester averiguar si son de Tomás.

–En eso no hay que poner duda –replicó el marido–, porque la letra de la cuenta de la cebada y la de las coplas toda es una, sin que se pueda negar.

–Mirad, marido –dijo la huéspeda–: a lo que yo veo, puesto que las coplas nombran a Costancica, por donde se puede pensar que se hicieron para ella, no por eso lo habemos de afirmar nosotros por verdad como si se los[132] viéramos escribir, cuanto más que otras Costanzas que la nuestra hay en el mundo; pero ya que sea por ésta, ahí no le dice nada que la deshonre ni la pide cosa que le importe. Estemos a la mira y avisemos a la muchacha, que, si él está enamorado della, a buen seguro que él haga más coplas y que procure dárselas.

–¿No sería mejor –dijo el marido– quitarnos desos cuidados y echarle de casa?

–Eso –respondió la huéspeda– en vuestra mano está; pero en verdad que, según vos decís, el mozo sirve de manera que sería conciencia el despedirlle por tan liviana ocasión.

–Ahora bien –dijo el marido–, estaremos alerta, como vos decís, y el tiempo nos dirá lo que habemos de hacer.

Quedaron en esto, y tornó a poner el huésped el libro donde le había hallado. Volvió Tomás, ansioso, a buscar su libro; hallóle, y por que no le diese otro sobresalto, trasladó las coplas y rasgó aquellas hojas, y propuso de aventurarse a descubrir su deseo a Costanza en la primera ocasión que se le ofreciese. Pero como ella andaba siempre sobre los estribos de su honestidad y recato, a ninguno daba lugar de miralla, cuanto más de ponerse a pláticas con ella. Y como había tanta gente y tantos ojos de ordinario en la posada, aumentaba más la dificultad de hablarla, de que se desesperaba el pobre enamorado.

Mas habiendo salido aquel día Costanza con una toca ceñida por las mejillas y dicho –a quien se lo preguntó que

132. *los* se refiere a *versos* o es una errata por *las* (coplas).

por qué se la había puesto– que tenía un gran dolor de muelas, Tomás, a quien sus deseos avivaban el entendimiento, en un instante discurrió lo que sería bueno que hiciese y dijo:

–Señora Costanza, yo le daré una oración en escrito, que, a dos veces que la rece, se le quitará como con la mano su dolor.

–Norabuena –respondió Costanza–; que yo la rezaré, porque sé leer.

–Ha de ser con condición –dijo Tomás– que no la ha de mostrar a nadie, porque la estimo en mucho, y no será bien que por saberla muchos se menosprecie.

–Yo le prometo –dijo Costanza–, Tomás, que no la dé a nadie; y démela luego, porque me fatiga mucho el dolor.

–Yo la trasladaré de la memoria –respondió Tomás– y luego se la daré.

Éstas fueron las primeras razones que Tomás dijo a Costanza, y Costanza a Tomás, en todo el tiempo que había que estaba en casa, que ya pasaban de veinte y cuatro días. Retiróse Tomás y escribió la oración y tuvo lugar de dársela a Costanza sin que nadie lo viese. Y ella, con mucho gusto y más devoción, se entró en un aposento a solas, y abriendo el papel, vio que decía desta manera:

«Señora de mi alma: Yo soy un caballero natural de Burgos; si alcanzo de días[133] a mi padre, heredo un mayorazgo de seis mil ducados de renta. A la fama de vuestra hermosura, que por muchas leguas se extiende, dejé mi patria, mudé vestido y, en el traje que me veis, vine a servir a vuestro dueño. Si vos lo quisiéredes ser mío, por los medios que más a vuestra honestidad convengan, mirad qué pruebas queréis que haga para enteraros desta verdad; y enterada en ella, siendo gusto

133. *si alcanzo de días:* si vivo más.

vuestro, seré vuestro esposo y me tendré por el más bien afortunado del mundo. Sólo por ahora os pido que no echéis tan enamorados y limpios pensamientos como los míos en la calle; que si vuestro dueño los sabe y no los cree, me condenará a destierro de vuestra presencia, que sería lo mismo que condenarme a muerte. Dejadme, señora, que os vea hasta que me creáis, considerando que no merece el riguroso castigo de no veros el que no ha cometido otra culpa que adoraros. Con los ojos podréis responderme, a hurto de los muchos que siempre os están mirando; que ellos son tales que airados matan y piadosos resucitan».

En tanto que Tomás entendió que Costanza se había ido a leer su papel, le estuvo palpitando el corazón, temiendo y esperando, o ya la sentencia de su muerte o la restauración de su vida. Salió en esto Costanza, tan hermosa, aunque rebozada, que si pudiera recebir aumento su hermosura con algún accidente, se pudiera juzgar que el sobresalto de haber visto en el papel de Tomás otra cosa tan lejos de la que pensaba había acrecentado su belleza. Salió con el papel entre las manos hecho menudas piezas y dijo a Tomás, que apenas se podía tener en pie:

–Hermano Tomás, esta tu oración más parece hechicería y embuste que oración santa; y así, yo no la quiero creer ni usar della, y por eso la he rasgado, por que no la vea nadie que sea más crédula que yo. Aprende otras oraciones más fáciles, porque ésta será imposible que te sea de provecho.

En diciendo esto, se entró con su ama, y Tomás quedó suspenso, pero algo consolado, viendo que en solo el pecho de Costanza quedaba el secreto de su deseo; pareciéndole que, pues no había dado cuenta dél a su amo, por lo menos no estaba en peligro de que le echasen de casa. Parecióle que, en el primero paso que había dado en su pretensión, había atropellado[134] por mil montes de inconvenientes, y que en las cosas grandes y dudosas la mayor dificultad está en los principios.

En tanto que esto sucedió en la posada, andaba el Asturiano comprando el asno donde los vendían; y aunque halló muchos, ninguno le satisfizo, puesto que un gitano anduvo muy solícito por encajalle uno que más caminaba por el azogue que le había echado en los oídos que por ligereza suya; pero lo que contentaba con el paso desagradaba con el cuerpo, que era muy pequeño y no del grandor y talle que Lope quería, que le buscaba suficiente para llevarle a él por añadidura, ora fuesen vacíos o llenos los cántaros.

Llegóse a él en esto un mozo y díjole al oído:

–Galán, si busca bestia cómoda para el oficio de aguador, yo tengo un asno aquí cerca, en un prado, que no le hay mejor ni mayor en la ciudad. Y aconséjole que no compre bestia de gitanos, porque, aunque parezcan sanas y buenas, todas son falsas y llenas de dolamas[135]; si quiere comprar la que le conviene, véngase conmigo y calle la boca.

Creyóle el Asturiano y díjole que guiase adonde estaba el asno que tanto encarecía. Fuéronse los dos mano a mano, como dicen, hasta que llegaron a la Huerta del Rey, donde a la sombra de una azuda[136] hallaron muchos aguadores, cuyos asnos pacían en un prado que allí cerca estaba. Mostró el vendedor su asno, tal, que le hinchó el ojo[137] al Asturiano; y de todos los que allí estaban fue alabado el

134. *atropellado:* pasado por encima.
135. *dolamas:* «*dolames,* ajes, enfermedades y otras tachas ocultas que suelen tener las caballerías que se compran», *Auts.*
136. *azuda:* molino de agua.
137. *hinchó el ojo:* le contentó.

asno de fuerte, de caminador y comedor[138] sobremanera. Hicieron su concierto, y sin otra seguridad ni información, siendo corredores[139] y medianeros los demás aguadores, dio diez y seis ducados por el asno, con todos los adherentes del oficio.

Hizo la paga real[140] en escudos de oro. Diéronle el parabién de la compra y de la entrada en el oficio, y certificáronle que había comprado un asno dichosísimo, porque el dueño que le dejaba, sin que se le mancase ni matase, había ganado con él en menos tiempo de un año, después de haberse sustentado a él y al asno honradamente, dos pares de vestidos y más aquellos diez y seis ducados, con que pensaba volver a su tierra, donde le tenían concertado un casamiento con una media parienta suya.

Amén de los corredores del asno, estaban otros cuatro aguadores jugando a la primera[141], tendidos en el suelo, sirviéndoles de bufete la tierra y de sobremesa sus capas. Púsose el Asturiano a mirarlos y vio que no jugaban como aguadores, sino como arcedianos[142], porque tenía de resto cada uno más de cien reales en cuartos y en plata. Llegó una mano de echar todos el resto, y si uno no diera partido a otro, él hiciera mesa gallega[143]. Finalmente, a los dos en aquel resto se les acabó el dinero y se levantaron; viendo lo cual, el vendedor del asno dijo que si hubiera cuarto, que él jugara, porque era enemigo de jugar en tercio. El

138. Ya Rodríguez Marín señaló la posibilidad de la errata por *corredor*, que sería lo esperable.
139. *corredor:* «el que interviene en las compras y ventas», *Tesoro.*
140. *real:* al contado.
141. *primera:* juego de naipes.
142. Como justifica Cervantes, por su mucho dinero.
143. *hacer mesa gallega:* «en un juego ganar uno de los jugadores todo el resto a los demás», *Auts.*

Asturiano, que era de propiedad del azúcar, que jamás gastó menestra, como dice el italiano[144], dijo que él haría cuarto. Sentáronse luego, anduvo la cosa de buena manera, y queriendo jugar antes el dinero que el tiempo, en poco rato perdió Lope seis escudos que tenía; y viéndose sin blanca, dijo que si le querían jugar el asno, que él le jugaría. Acetáronle el envite, y hizo de resto un cuarto del asno, diciendo que por cuartos quería jugarle. Díjole tan mal, que en cuatro restos consecutivamente perdió los cuatro cuartos del asno, y ganóselos el mismo que se le había vendido. Y levantándose para volverse a entregarse en él, dijo el Asturiano que advirtiesen que él solamente había jugado los cuatro cuartos del asno; pero la cola, que se la diesen y se le llevasen norabuena.

Causóles risa a todos la demanda de la cola, y hubo letrados que fueron de parecer que no tenía razón en lo que pedía, diciendo que, cuando se vende un carnero o otra res alguna, no se saca ni quita la cola, que con uno de los cuartos traseros ha de ir forzosamente. A lo cual replicó Lope que los carneros de Berbería[145] ordinariamente tienen cinco cuartos, y que el quinto es de la cola; y cuando los tales carneros se cuartean, tanto vale la cola como cualquier cuarto; y que a lo de ir la cola junto con la res que se vende viva y no se cuartea, que lo concedía; pero que la suya no fue vendida, sino jugada, y que nunca su intención

144. *zucchero non guastò mai vivanda,* o el azúcar no estropeó nunca comida alguna; es decir, el Asturiano no echaba a perder nada; aquí soluciona la falta del jugador.

145. Rodríguez Marín cita a Luis del Mármol Carvajal: «carnero de cinco cuartos es un animal que no hay diferencia dél a los carneros comunes, más que en la cola y en los cuernos: el cual tiene la cola muy ancha y redonda, y tanto mayor cuanto está más gordo», *Primera parte de la descripción general de África,* Granada, 1543, fol. 28.

fue jugar la cola, y que al punto se la volviesen luego con todo lo a ella anejo y concerniente, que era desde la punta del celebro, contada la osamenta del espinazo, donde ella tomaba principio y decendía, hasta parar en los últimos pelos della.

–Dadme vos –dijo uno– que ello sea así como decís, y que os la den como la pedís, y sentaos junto a lo que del asno queda.

–¡Pues así es! –replicó Lope–. Venga mi cola; si no, por Dios que no me lleven el asno si bien viniesen por él cuantos aguadores hay en el mundo. Y no piensen que por ser tantos los que aquí están me han de hacer supercheria[146], porque soy un hombre que me sabré llegar a otro hombre y meterle dos palmos de daga por las tripas sin que sepa de quién, por dónde o cómo le vino; y más, que no quiero que me paguen la cola rata por cantidad[147], sino que quiero que me la den en ser y la corten del asno, como tengo dicho.

Al ganancioso y a los demás les pareció no ser bien llevar aquel negocio por fuerza, porque juzgaron ser de tal brío el Asturiano que no consentiría que se la hiciesen. El cual, como estaba hecho al trato de las almadrabas, donde se ejercita todo género de rumbo y jácara[148] y de extraordinarios juramentos y boatos, voleó allí el capelo[149] y empuñó un puñal que debajo del capotillo traía y púsose en tal postura, que infundió temor y respecto en toda aquella aguadora compañía. Finalmente, uno dellos, que parecía de más razón y discurso, los concertó en que se echase la cola contra un cuarto de asno a una quínola o a dos y pa-

146. *supercheria:* «desatención, descortesía y desacato», *Auts.*
147. *rata por cantidad:* «con proporción en la distribución de las cosas», *Auts.*
148. *rumbo y jácara:* «peligro y amenaza», A.H.
149. *voleó allí el capelo:* arrojó allí el sombrero, tras voltearlo.

sante[150]. Fueron contentos, ganó la quínola Lope, picóse el otro, echó el otro cuarto, y a otras tres manos quedó sin asno. Quiso jugar el dinero; no quería Lope; pero tanto le porfiaron todos, que lo hubo de hacer, con que hizo el viaje del desposado[151], dejándole sin un solo maravedí. Y fue tanta la pesadumbre que desto recibió el perdidoso, que se arrojó en el suelo y comenzó a darse de calabazadas por la tierra. Lope, como bien nacido y como liberal y compasivo, le levantó y le volvió todo el dinero que le había ganado y los diez y seis ducados del asno, y aun de los que él tenía repartió con los circunstantes, cuya extraña liberalidad pasmó a todos; y si fueran los tiempos y las ocasiones del Tamorlán[152], le alzaran por el rey de los aguadores.

Con grande acompañamiento volvió Lope a la ciudad, donde contó a Tomás lo sucedido, y Tomás asimismo le dio cuenta de sus buenos sucesos. No quedó taberna, ni bodegón, ni junta de pícaros donde no se supiese el juego del asno, el esquite[153] por la cola y el brío y la liberalidad del Asturiano. Pero como la mala bestia del vulgo, por la mayor parte, es mala, maldita y maldiciente, no tomó de memoria la liberalidad, brío y buenas partes del gran Lope, sino solamente la cola. Y así, apenas hubo andado dos días por la ciudad echando agua cuando se vio señalar de muchos con el dedo, que decían: «Éste es el aguador de la cola».

150. *dos y pasante:* «juego de quínolas especial en que se fijaba de antemano un número llamado pasante y en el que, si la quínola coincidía con este número, valía el doble», A.H.

151. Antes se había dicho del vendedor del asno: «le tenían concertado un casamiento con una media parienta suya». El Asturiano le gana el viaje, porque no podría ya hacerlo.

152. *Tamorlán:* «suele usarse en nuestra lengua para ponderar irónicamente la nobleza de alguno diciendo que parece descendiente del gran Tamorlán», *Auts.*

153. *esquite:* desquite.

Estuvieron los muchachos atentos, supieron el caso, y no había asomado Lope por la entrada de cualquiera calle, cuando por toda ella le gritaban, quién de aquí, y quién de allí: «¡Asturiano, daca[154] la cola! ¡Daca la cola, Asturiano!». Lope, que se vio asaetear de tantas lenguas y con tantas voces, dio en callar, creyendo que en su mucho silencio se anegara tanta insolencia. Mas ni por ésas, pues mientras más callaba, más los muchachos gritaban. Y así, probó a mudar su paciencia en cólera, y apeándose del asno, dio a palos tras los muchachos; que fue afinar el polvorín y ponerle fuego, y fue otro cortar las cabezas de la serpiente[155], pues en lugar de una que quitaba, apaleando a algún muchacho, nacían en el mismo instante, no otras siete, sino setecientas, que con mayor ahínco y menudeo le pedían la cola. Finalmente, tuvo por bien de retirarse a una posada que había tomado fuera de la de su compañero, por huir de la Argüello, y de estarse en ella hasta que la influencia de aquel mal planeta pasase, y se borrase de la memoria de los muchachos aquella demanda mala de la cola que le pedían.

Seis días se pasaron sin que saliese de casa, si no era de noche, que iba a ver a Tomás y a preguntarle del estado en que se hallaba. El cual le contó que, después que había dado el papel a Costanza, nunca más había podido hablarla una sola palabra, y que le parecía que andaba más recatada que solía; puesto que una vez tuvo lugar de llegar a hablarla, y viéndolo ella, le había dicho antes que llegase: «Tomás, no me duele nada; y así, ni tengo necesidad de tus palabras ni de tus oraciones. Conténtate que no te acuso a

154. *daca:* da acá.
155. La Hidra o serpiente de Lerma, monstruo que tenía muchas cabezas. Hércules acabó con ella ayudado por Yolao; a cada cabeza que cortaba, le nacía otra nueva.

la Inquisición y no te canses». Pero que estas razones las dijo sin mostrar ira en los ojos ni otro desabrimiento que pudiera dar indicio de reguridad[156] alguna. Lope le contó a él la priesa que le daban los muchachos pidiéndole la cola porque él había pedido la de su asno, con que hizo el famoso esquite. Aconsejóle Tomás que no saliese de casa, a lo menos sobre el asno, y que si saliese, fuese por calles solas y apartadas; y que cuando esto no bastase, bastaría dejar el oficio, último remedio de poner fin a tan poco honesta demanda. Preguntóle Lope si había acudido más la Gallega. Tomás dijo que no; pero que no dejaba de sobornarle la voluntad con regalos y presentes de lo que hurtaba en la cocina a los huéspedes. Retiróse con esto a su posada Lope, con determinación de no salir della en otros seis días, a lo menos, con el asno.

Las once serían de la noche, cuando de improviso y sin pensarlo vieron entrar en la posada muchas varas de justicia[157], y al cabo el Corregidor. Alborotóse el huésped, y aun los huéspedes[158]; porque así como los cometas, cuando se muestran, siempre causan temores de desgracias e infortunios, ni más ni menos la justicia, cuando de repente y de tropel se entra en una casa, sobresalta y atemoriza hasta las conciencias no culpadas. Entróse el Corregidor en una sala y llamó al huésped de casa, el cual vino temblando a ver lo que el señor Corregidor quería. Y sí como le vio el Corregidor, le preguntó con mucha gravedad:

–¿Sois vos el huésped?

–Sí, señor –respondió él–, para lo que vuesa merced me quisiere mandar.

156. *reguridad:* riguridad, rigor.
157. *varas de justicia:* metonimia por ministros de justicia, que llevan varas.
158. El mesonero y sus huéspedes, como se ha dicho.

Mandó el Corregidor que saliesen de la sala todos los que en ella estaban y que le dejasen solo con el huésped. Hiciéronlo ansí, y, quedándose solos, dijo el Corregidor al huésped:

–Huésped, ¿qué gente de servicio tenéis en esta vuestra posada?

–Señor –respondió él–, tengo dos mozas gallegas y una ama, y un mozo que tiene cuenta con dar la cebada y paja.

–¿No más? –replicó el Corregidor.

–No, señor –respondió el huésped.

–Pues decidme, huésped –dijo el Corregidor–, ¿dónde está una muchacha que dicen que sirve en esta casa, tan hermosa que por toda la ciudad la llaman *la ilustre fregona,* y aun me han llegado a decir que mi hijo don Periquito es su enamorado y que no hay noche que no le da músicas?

–Señor –respondió el huésped–, esa fregona ilustre que dicen es verdad que está en esta casa; pero ni es mi criada ni deja de serlo.

–No entiendo lo que decías, huésped, en eso de ser y no ser vuestra criada la fregona.

–Yo he dicho bien –añadió el huésped–; y si vuesa merced me da licencia, le diré lo que hay en esto, lo cual jamás he dicho a persona alguna.

–Primero quiero ver a la fregona que saber otra cosa; llamadla acá –dijo el Corregidor.

Asómose el huésped a la puerta de la sala y dijo:

–¡Oíslo[159], señora, haced que entre aquí Costancica!

Cuando la huéspeda oyó que el Corregidor llamaba a Costanza, turbóse y comenzó a torcerse las manos, diciendo:

159. *oíslo:* esposa.

–¡Ay desdichada de mí! ¡El Corregidor a Costanza, y a solas! Algún gran mal debe de haber sucedido; que la hermosura desta muchacha trae encantados los hombres.

Costanza, que lo oía, dijo:

–Señora, no se congoje, que yo iré a ver lo que el señor Corregidor quiere; y si algún mal hubiere sucedido, esté segura vuesa merced que no tendré yo la culpa.

Y en esto, sin aguardar que otra vez la llamasen, tomó una vela encendida sobre un candelero de plata, y con más vergüenza que temor, fue donde el Corregidor estaba.

Así como el Corregidor la vio, mandó al huésped que cerrase la puerta de la sala; lo cual hecho, el Corregidor se levantó, y tomando el candelero que Costanza traía, llegándole la luz al rostro, la anduvo mirando toda de arriba abajo. Y como Costanza estaba con sobresalto, habíasele encendido la color del rostro, y estaba tan hermosa y tan honesta, que al Corregidor le pareció que estaba mirando la hermosura de un ángel en la tierra. Y después de haberla bien mirado, dijo:

–Huésped, ésta no es joya para estar en el bajo engaste de un mesón. Desde aquí digo que mi hijo Periquito es discreto, pues tan bien ha sabido emplear sus pensamientos. Digo, doncella, que no solamente os pueden y deben llamar *ilustre,* sino *ilustrísima;* pero estos títulos no habían de caer sobre el nombre de *fregona* sino sobre el de una duquesa.

–No es fregona, señor –dijo el huésped–; que no sirve de otra cosa en casa que de traer las llaves de la plata, que por la bondad de Dios tengo alguna, con que se sirven los huéspedes honrados que a esta posada vienen.

–Con todo eso –dijo el Corregidor–, digo, huésped, que ni es decente ni conviene que esta doncella esté en un mesón. ¿Es parienta vuestra, por ventura?

–Ni es mi parienta ni es mi criada; y si vuesa merced gustare de saber quién es, como ella no esté delante, oirá vuesa merced cosas que, juntamente con darle gusto, le admiren.

–Sí gustaré –dijo el Corregidor–. Y sálgase Costancica allá fuera y prométase de mí lo que de su mismo padre pudiera prometerse; que su mucha honestidad y hermosura obligan a que todos los que la vieren se ofrezcan a su servicio.

No respondió palabra Costanza, sino con mucha mesura hizo una profunda reverencia al Corregidor y salióse de la sala y halló a su ama desalada esperándola, para saber della qué era lo que el Corregidor la quería. Ella le contó lo que había pasado y cómo su señor quedaba con él para contalle no sé qué cosas que no quería que ella las oyese. No acabó de sosegarse la huéspeda y siempre estuvo rezando hasta que se fue el Corregidor y vio salir libre a su marido. El cual, en tanto que estuvo con el Corregidor, le dijo:

–Hoy hacen, señor, según mi cuenta, quince años, un mes y cuatro días que llegó a esta posada una señora en hábito de peregrina, en una litera, acompañada de cuatro criados de a caballo y de dos dueñas y una doncella, que en un coche venían. Traía asimismo dos acémilas cubiertas con dos ricos reposteros[160] y cargadas con una rica cama y con aderezos de cocina. Finalmente, el aparato era principal, y la peregrina representaba ser una gran señora; y aunque en la edad mostraba ser de cuarenta o poco más años, no por eso dejaba de parecer hermosa en todo extremo. Venía enferma y descolorida y tan fatigada, que man-

160. *repostero:* «paño cuadrado con las armas del príncipe o señor, el cual sirve para poner sobre las cargas de las acémilas», *Auts.*

dó que luego luego le hiciesen la cama, y en esta misma sala se la hicieron sus criados. Preguntáronme cuál era el médico de más fama desta ciudad. Díjeles que el doctor de la Fuente[161]. Fueron luego por él, y él vino luego. Comunicó a solas con él su enfermedad, y lo que de su plática resultó fue que mandó el médico que se le hiciese la cama en otra parte y en lugar donde no le diesen ningún ruido. Al momento la mudaron a otro aposento que está aquí arriba apartado, y con la comodidad que el doctor pedía. Ninguno de los criados entraban donde su señora, y solas las dos dueñas y la doncella la servían.

»Yo y mi mujer preguntamos a los criados quién era la tal señora y cómo se llamaba, de adónde venía y adónde iba; si era casada, viuda o doncella, y por qué causa se vestía aquel hábito de peregrina. A todas estas preguntas, que le hicimos una y muchas veces, no hubo alguno que nos respondiese otra cosa sino que aquella peregrina era una señora principal y rica de Castilla la Vieja, y que era viuda, y que no tenía hijos que la heredasen; y que, porque había algunos meses que estaba enferma de hidropesía, había ofrecido de ir a Nuestra Señora de Guadalupe en romería, por la cual promesa iba en aquel hábito. En cuanto a decir su nombre, traían orden de no llamarla sino la señora peregrina. Esto supimos por entonces. Pero a cabo de tres días que por enferma la señora peregrina se estaba en casa, una de las dueñas nos llamó a mí y a mi mujer de su parte. Fuimos a ver lo que quería, y a puerta cerrada y delante de sus criadas, casi con lágrimas en los ojos, nos dijo, creo que estas mismas razones:

»–Señores míos, los cielos me son testigos que sin culpa mía me hallo en el riguroso trance que ahora os diré. Yo

161. Según Rodríguez Marín, Rodrigo de la Fuente fue catedrático de la Universidad de Toledo a finales del XVI y principios del XVII.

estoy preñada y tan cerca del parto, que ya los dolores me van apretando. Ninguno de los criados que vienen conmigo saben mi necesidad ni desgracia; a estas mis mujeres ni he podido ni he querido encubrírselo. Por huir de los maliciosos ojos de mi tierra y porque esta hora no me tomase en ella, hice voto de ir a Nuestra Señora de Guadalupe. Ella debe de haber sido servida que en esta vuestra casa me tome el parto; a vosotros está ahora el remediarme y acudirme, con el secreto que merece la que su honra pone en vuestras manos. La paga de la merced que me hiciéredes, que así quiero llamarla, si no respondiere al gran beneficio que espero, responderá, a lo menos, a dar muestra de una voluntad muy agradecida; y quiero que comiencen a dar muestras de mi voluntad estos docientos escudos de oro que van en este bolsillo.

»Y sacando debajo de la almohada de la cama un bolsillo de aguja, de oro y verde, se le puso en las manos de mi mujer; la cual, como simple y sin mirar lo que hacía, porque estaba suspensa y colgada[162] de la peregrina, tomó el bolsillo, sin responderle palabra de agradecimiento ni de comedimiento alguno. Yo me acuerdo que le dije que no era menester nada de aquello; que no éramos personas que por interés, más que por caridad, nos movíamos a hacer bien cuando se ofrecía. Ella prosiguió, diciendo:

»–Es menester, amigos, que busquéis donde llevar lo que pariere luego luego, buscando también mentiras que decir a quien lo entregáredes; que por ahora será en la ciudad, y después quiero que se lleve a una aldea. De lo que después se hubiere de hacer, siendo Dios servido de alumbrarme y de llevarme a cumplir mi voto, cuando de Guadalupe vuelva, lo sabréis, porque el tiempo me habrá dado

162. Pendiente de las palabras de la dama.

lugar de que piense y escoja lo mejor que me convenga. Partera no la he menester ni la quiero; que otros partos más honrados que he tenido me aseguran que con sola la ayuda destas mis criadas facilitaré sus dificultades y ahorraré de un testigo más de mis sucesos.

»Aquí dio fin a su razonamiento la lastimada peregrina, y principio a un copioso llanto, que en parte fue consolado por las muchas y buenas razones que mi mujer, ya vuelta en más acuerdo, le dijo. Finalmente, yo salí luego a buscar donde llevar lo que pariese, a cualquier hora que fuese. Y entre las doce y la una de aquella misma noche, cuando toda la gente de casa estaba entregada al sueño, la buena señora parió una niña, la más hermosa que mis ojos hasta entonces habían visto, que es esta misma que vuesa merced acaba de ver ahora. Ni la madre se quejó en el parto ni la hija nació llorando: en todos había sosiego y silencio maravilloso, y tal cual convenía para el secreto de aquel extraño caso. Otros seis días estuvo en la cama, y en todos ellos venía el médico a visitarla, pero no porque ella le hubiese declarado de qué procedía su mal. Y las medicinas que le ordenaba nunca las puso en ejecución, porque sólo pretendió engañar a sus criados con la visita del médico. Todo esto me dijo ella misma después que se vio fuera de peligro. Y a los ocho días se levantó con el mismo bulto, o con otro que se parecía a aquel con que se había echado.

»Fue a su romería, y volvió de allí a veinte días, ya casi sana, porque poco a poco se iba quitando del artificio con que, después de parida, se mostraba hidrópica. Cuando volvió, estaba ya la niña dada a criar por mi orden, con nombre de mi sobrina, en una aldea dos leguas de aquí. En el bautismo se le puso por nombre Costanza, que así lo dejó ordenado su madre. La cual, contenta de lo que yo había hecho, al tiempo de despedirse, me dio una cadena de oro, que hasta agora tengo; de la cual quitó seis trozos, los cuales dijo que trairía la persona que por la niña viniese. También cortó un blanco pergamino a vueltas y a ondas, a la traza y manera como cuando se enclavijan[163] las manos y en los dedos se escribiese[164] alguna cosa, que, estando enclavijados los dedos, se puede leer y, después de apartadas las manos, queda dividida la razón, porque se dividen las letras; que, en volviendo a enclavijar los dedos, se juntan y corresponden de manera que se pueden leer continuadamente; digo que el un pergamino sirve de alma del otro, y encajados se leerán, y divididos no es posible, si no es adivinando la mitad del pergamino. Y casi toda la cadena quedó en mi poder, y todo lo tengo, esperando el contraseño[165] hasta ahora, puesto que ella me dijo que dentro de dos años enviaría por su hija, encargándome que la criase no como quien ella era, sino del modo que se suele criar una labradora. Encargóme también, que si por algún suceso no le fuese posible enviar tan presto por su hija, que, aunque creciese y llegase a tener entendimiento, no la dijese del modo que había nacido; y que la perdonase el no decirme su nombre ni quién era, que lo guardaba para otra ocasión más importante. En resolución, dándome otros cuatrocientos escudos de oro y abrazando a mi mujer con tiernas lágrimas, se partió, dejándonos admirados de su discreción, valor, hermosura y recato.

»Costanza se crió en el aldea dos años, y luego la truje conmigo, y siempre la he traído en hábito de labradora, como su madre me lo dejó mandado. Quince años, un mes y cuatro días ha que aguardo a quien ha de venir por ella, y la mucha tardanza me ha consumido la esperanza de ver esta

163. *enclavijan:* traban.
164. Se suele enmendar por *se escribe* ya que es el único imperfecto del subjuntivo del periodo.
165. *contraseño:* contraseña.

venida. Y si en este año en que estamos no vienen, tengo determinado de prohijalla y darle toda mi hacienda, que vale más de seis mil ducados, Dios sea bendito.

»Resta ahora, señor Corregidor, decir a vuesa merced, si es posible que yo sepa decirlas, las bondades y las virtudes de Costancica. Ella, lo primero y principal, es devotísima de Nuestra Señora; confiesa y comulga cada mes. Sabe escribir y leer; no hay mayor randera[166] en Toledo; canta a la almohadilla[167] como unos ángeles. En ser honesta no hay quien la iguale; pues en lo que toca a ser hermosa, ya vuesa merced lo ha visto. El señor don Pedro, hijo de vuesa merced, en su vida la ha hablado; bien es verdad que de cuando en cuando le da alguna música, que ella jamás escucha. Muchos señores y de título han posado en esta posada, y aposta, por hartarse de verla, han detenido su camino muchos días; pero yo sé bien que no habrá ninguno que con verdad se pueda alabar que ella le haya dado lugar de decirle una palabra sola ni acompañada. Ésta es, señor, la verdadera historia de *la ilustre fregona,* que no friega; en la cual no he salido de la verdad un punto.

Calló el huésped, y tardó un gran rato el Corregidor en hablarle: tan suspenso le tenía el suceso que el huésped le había contado. En fin, le dijo que le trujese allí la cadena y el pergamino, que quería verlo. Fue el huésped por ello, y trayéndoselo, vio que era así como le había dicho: la cadena era de trozos, curiosamente labrada; en el pergamino estaban escritas, una debajo de otra, en el espacio que ha-

166. *randera:* que hace randas, encajes.
167. *cantar a la almohadilla:* «frase con que se da a entender que alguna mujer que canta bien, por propria modestia se suele excusar de hacerlo si la piden que cante, diciendo que sólo canta a su almohadilla, esto es, para su propria diversión», *Auts.*

bía de hinchir el vacío de la otra mitad, estas letras: E, T, E, L, S, Ñ, V, D, D, R; por las cuales letras vio ser forzoso que se juntasen con las de la mitad del otro pergamino para poder ser entendidas. Tuvo por discreta la señal del conocimiento y juzgó por muy rica a la señora peregrina que tal cadena había dejado al huésped. Y teniendo en pensamiento de sacar de aquella posada la hermosa muchacha cuando hubiese concertado un monasterio donde llevarla, por entonces se contentó de llevar sólo el pergamino, encargando al huésped que, si acaso viniesen por Costanza, le avisase y diese noticia de quién era el que por ella venía, antes que le mostrase la cadena, que dejaba en su poder. Con esto se fue tan admirado del cuento y suceso de la ilustre fregona como de su incomparable hermosura.

Todo el tiempo que gastó el huésped en estar con el Corregidor y el que ocupó Costanza cuando la llamaron, estuvo Tomás fuera de sí, combatida el alma de mil varios pensamientos, sin acertar jamás con ninguno de su gusto. Pero cuando vio que el Corregidor se iba y que Costanza se quedaba, respiró su espíritu, y volviéronle los pulsos, que ya casi desamparado le tenían. No osó preguntar al huésped lo que el Corregidor quería, ni el huésped lo dijo a nadie sino a su mujer; con que ella también volvió en sí, dando gracias a Dios que de tan grande sobresalto la había librado.

El día siguiente, cerca de la una, entraron en la posada con cuatro hombres de a caballo dos caballeros ancianos de venerables presencias, habiendo primero preguntado uno de los mozos que a pie con ellos venían si era aquélla la posada del Sevillano; y habiéndole respondido que sí, se entraron todos en ella. Apéaronse los cuatro y fueron a apear a los dos ancianos, señal por do se conoció que aquellos dos eran señores de los seis[168]. Salió Costanza con su acostumbrada gentileza a ver los nuevos huéspedes; y apenas la hubo visto uno de los dos ancianos, cuando dijo al otro:

–Yo creo, señor don Juan, que hemos hallado todo aquello que venimos a buscar.

Tomás, que acudió a dar recado a las cabalgaduras, conoció luego a dos criados de su padre, y luego conoció a su padre y al padre de Carriazo, que eran los dos ancianos a quien los demás respectaban. Y aunque se admiró de su venida, consideró que debían de ir a buscar a él y a Carriazo a las almadrabas; que no habría faltado quien les hubiese dicho que en ellas, y no en Flandes, los hallarían. Pero no se atrevió a dejarse conocer en aquel traje; antes, aventurándolo todo, puesta la mano en el rostro, pasó por delante dellos, y fue a buscar a Costanza. Y quiso la buena suerte que la hallase sola; y apriesa y con lengua turbada, temeroso que ella no le daría lugar para decirle nada, le dijo:

–Costanza, uno destos dos caballeros ancianos que aquí han llegado ahora es mi padre, que es aquel que oyeres llamar don Juan de Avendaño. Infórmate de sus criados si tiene un hijo que se llama don Tomás de Avendaño, que soy yo, y de aquí podrás ir coligiendo y averiguando que te he dicho verdad en cuanto a la calidad de mi persona y que te la diré en cuanto de mi parte te tengo ofrecido. Y quédate a Dios; que hasta que ellos se vayan, no pienso volver a esta casa.

No le respondió nada Costanza, ni él aguardó a que le respondiese; sino volviéndose a salir, cubierto como había

168. *seises:* «llamaban asimismo en algunos lugares o villas a los regidores, que en este número se diputan para el gobierno político y económico, o para algún negocio particular», *Auts.*

entrado, se fue a dar cuenta a Carriazo de cómo sus padres estaban en la posada. Dio voces el huésped a Tomás que viniese a dar cebada; pero como no pareció, diola él mismo. Uno de los dos ancianos llamó aparte a una de las dos mozas gallegas y preguntóle cómo se llamaba aquella muchacha hermosa que habían visto y que si era hija o parienta del huésped o huéspeda de casa. La Gallega le respondió:

–La moza se llama Costanza; ni es parienta del huésped ni de la huéspeda, ni sé lo que es; sólo digo que la doy a la mala landre[169], que no sé qué tiene que no deja hacer baza[170] a ninguna de las mozas que estamos en esta casa. ¡Pues en verdad que tenemos nuestras faciones como Dios nos las puso! No entra huésped que no pregunte luego quién es la hermosa y que no diga: «Bonita es; bien parece; a fe que no es mala; mal año para las más pintadas; nunca peor me la depare la fortuna». Y a nosotras no hay quien nos diga: «¿Qué tenéis ahí, diablos, o mujeres, o lo que sois?».

–Luego esta niña a esa cuenta –replicó el caballero– debe de dejarse manosear y requebrar de los huéspedes.

–¡Sí! –respondió la Gallega–. ¡Tenedle el pie al herrar![171]. ¡Bonita es la niña para eso! Par Dios, señor, si ella se dejara mirar siquiera, manara en oro. Es más áspera que un erizo; es una tragaavemarías; labrando[172] está todo el día y rezando. Para el día que ha de hacer milagros, quisiera yo

169. *la doy a la mala landre:* la maldigo. *Landre* es una enfermedad que se manifiesta con tumores.
170. *hacer baza:* meter baza.
171. Como dice Sancho hablando del autor de su historia: «Debe de pensar el buen hombre, sin duda, que nos dormimos aquí en las pajas; pues ténganos el pie al herrar y verá del que cosqueamos», *Quijote*, II, 4.
172. *labrando:* bordando.

tener un cuento[173] de renta. Mi ama dice que trae un silencio[174] pegado a las carnes. ¡Tome qué, mi padre!

Contentísimo el caballero de lo que había oído a la Gallega, sin esperar a que le quitasen las espuelas, llamó al huésped, y retirándose con él aparte en una sala, le dijo:

–Yo, señor huésped, vengo a quitaros una prenda mía que ha algunos años que tenéis en vuestro poder. Para quitárosla, os traigo mil escudos de oro y estos trozos de cadena y este pergamino.

Y diciendo esto, sacó los seis de la señal de la cadena que él tenía.

Asimismo conoció[175] el pergamino y, alegre sobremanera con el ofrecimiento de los mil escudos, respondió:

–Señor, la prenda que queréis quitar está en casa; pero no están en ella la cadena ni el pergamino con que se ha de hacer la prueba de la verdad que yo creo que vuesa merced trata. Y así, le suplico tenga paciencia, que yo vuelvo luego.

Y al momento fue a avisar al Corregidor de lo que pasaba y de cómo estaban dos caballeros en su posada que venían por Costanza.

Acababa de comer el Corregidor, y con el deseo que tenía de ver el fin de aquella historia, subió luego a caballo y vino a la posada del Sevillano, llevando consigo el pergamino de la muestra[176]. Y apenas hubo visto a los dos caballeros, cuando, abiertos los brazos, fue a abrazar al uno, diciendo:

–¡Válgame Dios! ¿Qué buena venida es ésta, señor don Juan de Avendaño, primo y señor mío?

El caballero le abrazó asimismo, diciéndole:

173. *cuento:* millón.
174. Barbarismo por *cilicio*.
175. El sujeto es «el huésped», al que se refiere ya el pronombre *él* anterior.
176. *muestra:* prueba.

–Sin duda, señor primo, habrá sido buena mi venida, pues os veo, y con la salud que siempre os deseo. Abrazad, primo, a este caballero, que es el señor don Diego de Carriazo, gran señor y amigo mío.

–Ya conozco al señor don Diego –respondió el Corregidor–, y le soy muy servidor.

Y abrazándose los dos, después de haberse recebido con grande amor y grandes cortesías, se entraron en una sala, donde se quedaron solos con el huésped. El cual ya tenía consigo la cadena y dijo:

–Ya el señor Corregidor sabe a lo que vuesa merced viene, señor don Diego de Carriazo. Vuesa merced saque los trozos que faltan a esta cadena, y el señor Corregidor sacará el pergamino que está en su poder, y hagamos la prueba que ha tantos años que espero a que se haga.

–Desta manera –respondió don Diego–, no habrá necesidad de dar cuenta de nuevo al señor Corregidor de nuestra venida, pues bien se verá que ha sido a lo que vos, señor huésped, habréis dicho.

–Algo me ha dicho; pero mucho me quedó por saber. El pergamino, hele aquí.

Sacó don Diego el otro, y, juntando las dos partes, se hicieron una. Y a las letras del que tenía el huésped, que, se ha dicho, eran E, T, E, L, S, Ñ, V, D, D, R, respondían en el otro pergamino éstas: S, A, S, A, E, AL, ER, A, E, A[177]; que todas juntas decían: ESTA ES LA SEÑAL VERDADERA. Cotejáronse luego los trozos de la cadena y hallaron ser las señas verdaderas.

–¡Esto está hecho! –dijo el Corregidor–. Resta ahora saber, si es posible, quién son los padres desta hermosísima prenda.

177. AI en 1613, como antes N en vez de Ñ.

–El padre –respondió don Diego–, yo lo soy. La madre ya no vive; basta saber que fue tan principal, que pudiera yo ser su criado. Y porque, como se encubre su nombre, no se encubra su fama, ni se culpe lo que en ella parece manifiesto error y culpa conocida, se ha de saber que la madre desta prenda, siendo viuda de un gran caballero, se retiró a vivir a una aldea suya, y allí, con recato y con honestidad grandísima, pasaba con sus criados y vasallos una vida sosegada y quieta.

»Ordenó la suerte que un día, yendo yo a caza por el término de su lugar[178], quise visitarla, y era la hora de siesta cuando llegué a su alcázar, que así se puede llamar su gran casa. Dejé el caballo a un criado mío. Subí sin topar a nadie hasta el mismo aposento donde ella estaba durmiendo la siesta sobre un estrado negro. Era por extremo hermosa; y el silencio, la soledad, la ocasión, despertaron en mí un deseo más atrevido que honesto. Y sin ponerme a hacer discretos discursos, cerré tras mí la puerta, y llegándome a ella, la desperté; y teniéndola asida fuertemente, le dije: "Vuesa merced, señora mía, no grite, que las voces que diere serán pregoneras de su deshonra. Nadie me ha visto entrar en este aposento; que mi suerte, par[a] que la tenga bonísima en gozaros ha llovido sueño en todos vuestros criados; y cuando[179] ellos acudan a vuestras voces, no podrán más que quitarme la vida, y esto ha de ser en vuestros mismos brazos; y no por mi muerte dejará de quedar en opinión vuestra fama". Finalmente, yo la gocé contra su voluntad y a pura fuerza mía. Ella, cansada, rendida y turbada, o no pudo o no quiso hablarme palabra; y yo, dejándola como atontada y suspensa, me volví a salir por los

178. *lugar:* aldea, pueblo.
179. *y cuando:* y aun cuando.

mismos pasos donde había entrado y me vine a la aldea de otro amigo mío, que estaba dos leguas de la suya.

»Esta señora se mudó de aquel lugar a otro, y sin que yo jamás la viese, ni lo procurase, se pasaron dos años; al cabo de los cuales, supe que era muerta. Y podrá haber veinte días que con grandes encarecimientos, escribiéndome que era cosa que me importaba en ella el contento y la honra, me envió a llamar un mayordomo desta señora. Fui a ver lo que me quería, bien lejos de pensar en lo que me dijo. Halléle a punto dc muerte, y, por abreviar razones, en muy breves me dijo cómo, al tiempo que murió su señora, le dijo lo que conmigo le había sucedido y cómo había quedado preñada de aquella fuerza, y que por encubrir el bulto, había venido en romería a Nuestra Señora de Guadalupe, y cómo había parido en esta casa una niña, que se había de llamar Costanza. Diome las señas con que la hallaría, que fueron las que habéis visto de la cadena y pergamino. Y diome ansimismo treinta mil escudos de oro, que su señora dejó para casar a su hija. Díjome ansimismo que el no habérmelos dado luego como su señora había muerto, ni declarádome lo que ella encomendó a su confianza y secreto, había sido por pura codicia y por poderse aprovechar de aquel dinero; pero que ya que estaba a punto de ir a dar cuenta a Dios, por descargo de su conciencia, me daba el dinero y me avisaba adónde y cómo había de hallar mi hija. Recebí el dinero y las señales, y dando cuenta desto al señor don Juan de Avendaño, nos pusimos en camino desta ciudad.

A estas razones llegaba don Diego, cuando oyeron que en la puerta de la calle decían a grandes voces:

–Díganle a Tomás Pedro, el mozo de la cebada, cómo llevan a su amigo el Asturiano preso; que acuda a la cárcel, que allí le espera.

A la voz de *cárcel* y de *preso,* dijo el Corregidor que entrase el preso y el alguacil que le llevaba. Dijeron al alguacil que el Corregidor, que estaba allí, le mandaba entrar con el preso; y así lo hubo de hacer.

Venía el Asturiano todos los dientes bañados en sangre y muy mal parado y muy bien asido del alguacil; y así como entró en la sala, conoció a su padre y al de Avendaño. Turbóse y, por no ser conocido, con un paño, como que se limpiaba la sangre, se cubrió el rostro. Preguntó el Corregidor que qué había hecho aquel mozo, que tan mal parado le llevaban. Respondió el alguacil que aquel mozo era un aguador que le llamaban el Asturiano, a quien los muchachos por las calles decían: «¡Daca la cola, Asturiano! ¡Daca la cola!», y luego en breves palabras contó la causa por qué le pedían la tal cola, de que no riyeron poco todos. Dijo más: que, saliendo por la puente de Alcántara, dándole los muchachos priesa con la demanda de la cola, se había apeado del asno, y dando tras todos, alcanzó a uno, a quien dejaba medio muerto a palos; y que, queriéndole prender, se había resistido, y que por eso iba tan mal parado.

Mandó el Corregidor que se descubriese el rostro; y porfiando a no querer descubrirse, llegó el alguacil y quitóle el pañuelo. Y al punto le conoció su padre y dijo todo alterado:

–Hijo don Diego, ¿cómo estás desta manera? ¿Qué traje es éste? ¿Aún no se te han olvidado tus picardías?

Hincó las rodillas Carriazo y fuese a poner a los pies de su padre, que, con lágrimas en los ojos, le tuvo abrazado un buen espacio. Don Juan de Avendaño, como sabía que don Diego había venido con don Tomás, su hijo, preguntóle por él; a lo cual respondió que don Tomás de Avendaño era el mozo que daba cebada y paja en aquella posada. Con esto que el Asturiano dijo, se acabó de apoderar la admiración en todos los presentes; y mandó el Corregidor al huésped que trujese allí al mozo de la cebada.

–Yo creo que no está en casa –respondió el huésped–, pero yo le buscaré.

Y así, fue a buscalle.

Preguntó don Diego a Carriazo que qué transformaciones eran aquéllas y qué les había movido a ser él aguador y don Tomás mozo de mesón. A lo cual respondió Carriazo que no podía satisfacer a aquellas preguntas tan en público, que él respondería a solas.

Estaba Tomás Pedro escondido en su aposento, para ver desde allí, sin ser visto, lo que hacían su padre y el de Carriazo. Teníale suspenso [l]a venida del Corregidor y el alboroto que en toda la casa andaba. No faltó quien le dijese al huésped cómo estaba allí escondido. Subió por él, y más por fuerza que por grado le hizo bajar; y aún no bajara si el mismo Corregidor no saliera al patio y le llamara por su nombre, diciendo:

–Baje vuesa merced, señor pariente, que aquí no le aguardan osos ni leones.

Bajó Tomás y, con los ojos bajos y sumisión grande, se hincó de rodillas ante su padre; el cual le abrazó con grandísimo contento, a fuer[180] del que tuvo el padre del hijo pródigo cuando le cobró de perdido.

Ya en esto había venido un coche del Corregidor, para volver en él, pues la gran fiesta no permitía volver a caballo. Hizo llamar a Costanza y, tomándola de la mano, se la presentó a su padre, diciendo:

–Recebid, señor don Diego, esta prenda y estimadla[181] por la más rica que acertárades a desear. Y vos, hermosa

180. *a fuer:* a modo.
181. *estimalda* en 1613.

doncella, besad la mano a vuestro padre y dad gracias a Dios, que con tan honrado suceso ha enmendado, subido y mejorado la bajeza de vuestro estado.

Costanza, que no sabía ni imaginaba lo que le había acontecido, toda turbada y temblando, no supo hacer otra cosa que hincarse de rodillas ante su padre y, tomándole las manos, se las comenzó a besar tiernamente, bañándoselas con infinitas lágrimas que por sus hermosísimos ojos derramaba.

En tanto que esto pasaba, había persuadido el Corregidor a su primo don Juan que se viniesen todos con él a su casa; y aunque don Juan lo rehusaba, fueron tantas las persuasiones del Corregidor, que lo hubo de conceder; y así, entraron en el coche todos. Pero cuando dijo el Corregidor a Costanza que entrase también en el coche, se le anubló el corazón; y ella y la huéspeda se asieron una a otra y comenzaron a hacer tan amargo llanto, que quebraba los corazones de cuantos le escuchaban. Decía la huéspeda:

–¿Cómo es esto, hija de mi corazón, que te vas y me dejas? ¿Cómo tienes ánimo de dejar a esta madre, que con tanto amor te ha criado?

Costanza lloraba y la respondía con no menos tiernas palabras. Pero el Corregidor, enternecido, mandó que asimismo la huéspeda entrase en el coche y que no se apartase de su hija, pues por tal la tenía, hasta que saliese de Toledo. Así, la huéspeda y todos entraron en el coche y fueron a casa del Corregidor, donde fueron bien recebidos de su mujer, que era una principal señora.

Comieron regalada y sumptuosamente. Y después de comer, contó Carriazo a su padre cómo, por amores de Costanza, don Tomás se había puesto a servir en el mesón, y que estaba enamorado de tal manera della, que, sin que le hubiera descubierto ser tan principal como era siendo su hija, la tomara por mujer en el estado de fregona.

Vistió luego la mujer del Corregidor a Costanza con unos vestidos de una hija que tenía de la misma edad y cuerpo de Costanza; y si parecía hermosa con los de labradora, con los cortesanos parecía cosa del cielo: tan bien la cuadraban, que daba a entender que, desde que nació, había sido señora y usado los mejores trajes que el uso trae consigo.

Pero entre tantos alegres, no pudo faltar un triste, que fue don Pedro, el hijo del Corregidor, que luego se imaginó que Costanza no había de ser suya, y así fue la verdad. Porque entre el Corregidor y don Diego de Carriazo y don Juan de Avendaño se concertaron en que don Tomás se casase con Costanza, dándole su padre los treinta mil escudos que su madre le había dejado; y el aguador don Diego de Carriazo casase con la hija del Corregidor; y don Pedro, el hijo del Corregidor, con una hija de don Juan de Avendaño; que su padre se ofrecía a traer dispensación del parentesco.

Desta manera quedaron todos contentos, alegres y satisfechos. Y la nueva de los casamientos y de la ventura de la fregona ilustre se extendió por la ciudad, y acudía infinita gente a ver a Costanza en el nuevo hábito, en el cual tan señora se mostraba como se ha dicho. Vieron al mozo de la cebada Tomás Pedro vuelto en don Tomás de Avendaño y vestido como señor. Notaron que Lope Asturiano era muy gentilhombre después que había mudado vestido y dejado el asno y las aguaderas[182]; pero, con todo eso, no faltaba quien, en el medio de su pompa, cuando iba por la calle, no le pidiese la cola.

Un mes se estuvieron en Toledo; al cabo del cual, se volvieron a Burgos don Diego de Carriazo y su mujer, su pa-

182. *aguaderas:* armazón de esparto que se pone sobre el asno para llevar los cántaros de agua.

dre, y Costanza con su marido, don Tomás, y el hijo del Corregidor, que quiso ir a ver su parienta y esposa. Quedó el Sevillano rico con los mil escudos y con muchas joyas que Costanza dio a su señora; que siempre con este nombre llamaba a la que la había criado.

Dio ocasión la historia de *la fregona ilustre* a que los poetas del dorado Tajo[183] ejercitasen sus plumas en solenizar y en alabar la sin par hermosura de Costanza. La cual aún vive en compañía de su buen mozo de mesón; y Carriazo, ni más ni menos, con tres hijos, que, sin tomar el estilo del padre ni acordarse si hay almadrabas en el mundo, hoy están todos estudiando en Salamanca. Y su padre, apenas ve algún asno de aguador, cuando se le representa y viene a la memoria el que tuvo en Toledo y teme que, cuando menos se cate, ha de remanecer[184] en alguna sátira el «¡Daca la cola, Asturiano! ¡Asturiano, daca la cola!».

183. *dorado,* por las arenas de oro que se decía llevaba el Tajo.
184. *remanecer:* aparecer de nuevo e inesperadamente.

Apéndice

Prólogo al lector

Quisiera yo, si fuera posible, lector amantísimo, excusarme de escribir este prólogo, porque no me fue tan bien con el que puse en mi *Don Quijote,* que quedase con gana de segundar con éste. Desto tiene la culpa algún amigo, de los muchos que en el discurso de mi vida he granjeado antes con mi condición que con mi ingenio. El cual amigo bien pudiera, como es uso y costumbre, grabarme y esculpirme en la primera hoja deste libro, pues le diera mi retrato el famoso don Juan de Jáurigui[1], y con esto quedara mi ambición satisfecha, y el deseo de algunos que querrían saber qué rostro y talle tiene quien se atreve a salir con tantas invenciones en la plaza del mundo, a los ojos de las gentes, poniendo debajo del retrato: «Este que veis aquí, de rostro aguileño, de cabello castaño, frente lisa y desembarazada, de alegres ojos y de nariz corva, aunque bien proporcionada; las barbas de plata, que no ha veinte años que fueron de oro; los bigotes grandes, la boca pe-

1. Juan de Jáuregui y Aguilar (1583-1641); el autor del *Antídoto contra las Soledades* y del *Discurso poético* era también pintor famoso: «en la mano, / de Apolo el arco y el pincel de Apeles», como dice de él Lope en su epístola octava de *La Filomena.*

queña, los dientes ni menudos ni crecidos porque no tiene sino seis, y ésos mal acondicionados y peor puestos porque no tienen correspondencia los unos con los otros; el cuerpo entre dos extremos, ni grande, ni pequeño; la color viva, antes blanca que morena; algo cargado de espaldas, y no muy ligero de pies; éste digo que es el rostro del autor de *La Galatea* y de *Don Quijote de la Mancha* y del que hizo el *Viaje del Parnaso,* a imitación del de César Caporal Perusino[2], y otras obras que andan por ahí descarriadas y, quizá, sin el nombre de su dueño. Llámase comúnmente Miguel de Cervantes Saavedra. Fue soldado muchos años, y cinco y medio cautivo, donde aprendió a tener paciencia en las adversidades. Perdió en la batalla naval de Lepanto la mano izquierda de un arcabuzazo, herida que, aunque parece fea, él la tiene por hermosa por haberla cobrado en la más memorable y alta ocasión que vieron los pasados siglos ni esperan ver los venideros, militando debajo de las vencedoras banderas del hijo del rayo de la guerra, Carlo Quinto, de felice memoria». Y cuando a la deste amigo, de quien me quejo, no ocurrieran otras cosas de las dichas que decir de mí, yo me levantara a mí mismo dos docenas de testimonios y se los dijera en secreto, con que extendiera mi nombre y acreditara mi ingenio. Porque pensar que dicen puntualmente la verdad los tales elogios es disparate, por no tener punto preciso ni determinado las alabanzas ni los vituperios.

En fin, pues ya esta ocasión se pasó, y yo he quedado en blanco y sin figura, será forzoso valerme por mi pico, que aunque tartamudo, no lo será para decir verdades; que, dichas por señas, suelen ser entendidas. Y así te digo otra vez, lector amable, que destas novelas que te ofrezco, en ningún modo podrás hacer pepitoria, porque no tienen pies, ni cabeza, ni entrañas, ni cosa que les parezca; quiero decir que los requiebros amoro-

2. Cesare Caporali de Perusa (1531-1601), autor del *Viaggi di Parnaso* (1582).

sos que en algunas[3] hallarás son tan honestos y tan medidos con la razón y discurso cristiano, que no podrán mover a mal pensamiento al descuidado o cuidadoso que las leyere.

Heles dado nombre de *ejemplares*, y si bien lo miras, no hay ninguna de quien no se pueda sacar algún ejemplo provechoso. Y si no fuera por no alargar este sujeto, quizá te mostrara el sabroso y honesto fruto que se podría sacar, así de todas juntas, como de cada una de por sí.

Mi intento ha sido poner en la plaza de nuestra república una mesa de trucos[4], donde cada uno pueda llegar a entretenerse, sin daño de barras[5]; digo sin daño del alma ni del cuerpo, porque los ejercicios honestos y agradables antes aprovechan que dañan. Sí, que no siempre se está en los templos, no siempre se ocupan los oratorios, no siempre se asiste a los negocios por calificados que sean. Horas hay de recreación, donde el afligido espíritu descanse. Para este efeto se plantan las alamedas, se buscan las fuentes, se allanan las cuestas y se cultivan con curiosidad[6] los jardines.

Una cosa me atreveré a decirte: que, si por algún modo alcanzara que la lección destas novelas pudiera inducir a quien las leyera a algún mal deseo o pensamiento, antes me cortara la mano con que las escribí, que sacarlas en público. Mi edad no está ya para burlarse con la otra vida, que al cincuenta y cinco de los años gano por nueve más y por la mano[7].

A esto se aplicó mi ingenio, por aquí me lleva mi inclinación, y más que me doy a entender, y es así, que yo soy el primero que he novelado[8] en lengua castellana; que las muchas novelas que en ella andan impresas, todas son traducidas de

3. *algunos* en la edición de 1613.
4. *mesa de trucos:* juego parecido al billar.
5. *sin daño de barras:* «suele por alusión significar tanto como sin perjuicio de tercero», *Tesoro*.
6. *curiosidad:* cuidado.
7. *ganar por la mano:* «anticiparse a otro en hacer alguna cosa», *Auts.*
8. La conciencia de Cervantes de sus méritos tiene fundamento.

lenguas extranjeras, y éstas son mías propias, no imitadas ni hurtadas; mi ingenio las engendró, y las parió mi pluma, y van creciendo en los brazos de la estampa. Tras ellas, si la vida no me deja, te ofrezco *Los trabajos de Persiles*[9], libro que se atreve a competir con Heliodoro[10], si ya por atrevido no sale con las manos en la cabeza; y primero verás, y con brevedad dilatadas, las hazañas de don Quijote y donaires de Sancho Panza, y luego *Las semanas del jardín*[11].

Mucho prometo, con fuerzas tan pocas como las mías; pero ¿quién pondrá rienda a los deseos? Sólo esto quiero que consideres: que pues yo he tenido osadía de dirigir estas novelas al gran Conde de Lemos[12], algún misterio tienen escondido que las levanta.

No más, sino que Dios te guarde y a mí me dé paciencia para llevar bien el mal que han de decir de mí más de cuatro sotiles y almidonados. *Vale.*

9. *Los trabajos de Persiles y Sigismunda, historia setentrional* se publica en 1617 en Madrid por Juan de la Cuesta.
10. *Cliodoro* en 1613. *Teágenes y Cariclea,* la novela bizantina de Heliodoro, se tradujo al español primero en 1554, y en 1587 lo hizo Fernando de Mena (ed. de F. López Estrada, Madrid, Aldus, 1954).
11. No se sabe más de esta obra que tal mención.
12. Cervantes le dedicó también a Pedro Fernández de Castro (1576-1622) *Ocho comedias y ocho entremeses* (1615), la segunda parte del *Quijote* (1615) y *Los trabajos de Persiles y Sigismunda* (1617).

Índice